欢迎来到实力至上主义的教室 ③

一之濑帆波

B班充满活力的美少女。深受同班同学的信赖，担任着班级领导者的职务。

我们吓到你们了吧。抱歉，请别生气。

神崎隆二

B班学生。拥有聪明的头脑和良好的运动神经。
语气冷静且淡然，实际上是一个重情义的男生。

茶柱佐枝

轻井泽惠

佐仓爱里

綾小路清隆

堀北鈴音

栉田桔梗

欢迎来到实力至上主义的教室 ③

contents

欢迎来到实力至上主义的教室

〔日〕**衣笠彰梧** 著

虎虎 译

人民文学出版社
PEOPLE'S LITERATURE PUBLISHING HOUSE

著作权合同登记:图字 01-2019-4305 号

YOUKOSO JITSURYOKUSHIJOUSHUGI NO KYOUSHITSU E Vol. 3
© Syougo Kinugasa 2016
First published in Japan in 2016 by KADOKAWA CORPORATION，Tokyo.
Simplified Chinese translation rights arranged with KADOKAWA CORPORATION，
Tokyo through Timo Associates Inc.，Japan.

图书在版编目(CIP)数据

欢迎来到实力至上主义的教室.3/(日)衣笠彰梧
著;虎虎译. —北京:人民文学出版社,2020(2021.6 重印)
ISBN 978-7-02-015401-2

Ⅰ.①欢… Ⅱ.①衣… ②虎… Ⅲ.①长篇小说-日
本-现代 Ⅳ.①I313.45

中国版本图书馆 CIP 数据核字(2019)第 154495 号

责任编辑 朱卫净 王皎娇 何王慧
装帧设计 钱 珺

出版发行 人民文学出版社
社 址 北京市朝内大街 166 号
邮政编码 100705

印 制 上海盛通时代印刷有限公司
经 销 全国新华书店等

字 数 178 千字
开 本 787×1092 毫米 1/32
印 张 10.125
版 次 2020 年 2 月北京第 1 版
印 次 2021 年 6 月第 6 次印刷

书 号 978-7-02-015401-2
定 价 42.00 元

如有印装质量问题,请与本社图书销售中心调换。电话:010-65233595

茶柱佐枝的独白

希腊神话中有许多含有人性、憎恨，以及嫉妒的故事。

你听过伊卡洛斯之翼的故事吗？

从前，希腊有名叫作代达罗斯的伟大发明家。代达罗斯奉国王米诺斯之命，建造一座囚禁怪物弥诺陶洛斯的迷宫。但后来他却被米诺斯王抛弃，与儿子伊卡洛斯一同被幽禁在塔中。

代达罗斯为了逃离那座塔而收集了鸟的羽毛，以制造出巨大的翅膀。大羽毛以线绑住，小羽毛则以蜡固定。当他们终于完成翅膀，准备起飞追寻自由时，身为父亲的代达罗斯对儿子如此忠告。

他说："你要是飞得太高，用蜡固定住的翅膀就会被太阳晒得融化，一定要注意。"

受到劝告的伊卡洛斯，与父亲一起从塔中起飞。

他们从此便获得了自由。然而，自由有时是会让人迷失自我的危险之物。

伊卡洛斯因获得了自由而得意忘形。

也许这是必然的，毕竟他摆脱了痛苦的束缚状态。

所以才会被自由迷住，忘却父亲的忠告，高高飞去。

那对虚假的天使之翼，受到太阳的照射，蜡在转眼间就融化掉了。

不久，虚假之翼被燃烧殆尽，伊卡洛斯坠海而死。

伊卡洛斯是个为了获得自由而勇敢飞向天空的存在吗？

或者，他只是个过于相信自己的力量，深信自己是就连太阳都能抵达的傲慢之人呢？

这件事除了身为父亲的代达罗斯，旁人恐怕无从得知。

这名少年，不知为何让我联想到了伊卡洛斯之翼。我对照各种情况觉得这最为贴近。可是我马上就意识到我从根本上就弄错了，因为这名少年并无伊卡洛斯那种勇气以及傲慢。

我被逼入绝境，所以只能这么做。

我唯有触怒少年。

我只能对眼前静静表示愤怒的少年故作刚强。

掷出的骰子已无法收回，因为这场赌局已经开始了。

天堂与地狱的界线

终年如夏的大海。广阔的蓝天。轻轻吹拂的海风温柔地包裹住身体。感受不到盛夏酷暑的太平洋正中央……没错，这里正是海洋天堂。

"唔哦哦哦！太棒啦啊啊啊啊啊啊啊啊啊啊啊啊！"

我的同班同学——池宽治，在豪华游轮的甲板上高举双手，四周响彻了他的喊叫声。

如果是平常，很可能就会飞来一句"吵死了"的抱怨。唯独今天没人提出这种意见。大家都各自满足于这无比幸福的一刻。从甲板这个可以说是特等席的最佳位置眺望出去的景致，别具一格。

"好棒的景色！我真的超感动的！"

由轻井泽率领的女子团体们从船内现身，她们满脸笑容，指着大海。

"景色真的很棒呢！"

团体里的其中一人——栟田桔梗，望着大海也发出心醉神迷的赞叹。

我们熬过困难重重的期中、期末考试并迎来了暑假。等着我们的是高度育成高中所准备的为期两周的豪华旅行。这是趟豪华游轮巡航之旅。

"还好你没被退学欸，健。要是在平时我们绝对不可能有这种旅行。身为期末考试最后一名，并差点被退学的学生，你的心情如何？欸欸，你的心情如何呀？"

即使被同班同学山内春树挑衅，须藤健也没有不高兴，甚至还从容地大笑起来。他没有故作独行侠，看起来已经完全融入了同学之中。

"只要本大爷发挥实力，这简直是小菜一碟。在最后关头过关斩将，也是主角的可看之处哦！"

看来这趟旅程也替他吹散了不久前的所有痛苦。

这片蔚蓝的大海，好像确实为我们冲走了平时所有的麻烦事和辛苦事。

"高中生居然能有这种豪华旅行，我做梦都没想过欸。而且还是两周欸，两周。要是我爸妈听见的话，应该会吓得尿裤子吧。"

就如须藤所言，在一般人看来，这应该是个超出普通规格的旅行吧。在这所国家支持的学校，我们不用支付任何学杂费。连这趟旅行的费用当然也不需要支付。真是破格的待遇。

而且我们搭乘的这艘游轮，外观不用说，就连设备都非常齐全。从一流的知名餐厅，到能享受戏剧的剧院、高级水疗，应有尽有。

假如想来场这样的个人旅行，即便是在淡季，应该也要花上好几十万日元吧。

这种极尽奢侈的旅行，终于从今天起就要开始了。在预定行程中，最开始的一周，我们应该会在无人岛上的民宿里尽情享受夏天，而在后面一周则将下榻游轮。
一年级学生于上午五点一起搭巴士前往东京湾。接着由
这艘船载学生出发。学生们在这艘船的休息室中用完早
餐，就可以在船上自由活动。

　　而且值得庆幸的是，这艘船上不管哪项设施都能免
费使用。

　　对于平日烦恼着点数不够用的我们来说，这正合我
们的意。

　　突然间，栉田面向我，露出沉思的表情。以大海与
蓝天为背景，栉田看起来比平时更加耀眼，就算我不愿
意，我的胸口也怦然心动。她该不会是对我……

　　"咦？话说回来堀北同学呢？你们没有在一起吗？"

　　我就连怀有些许幻想也不被允许，她好像单纯在想
着堀北的事。

　　"谁知道呢，我又不是那家伙的护身符……"

　　在船内吃完早餐后，我就没看见她的踪影。

　　"她似乎不是那种会尽情享受旅行的人，应该在房
间里吧？"

　　"也许吧。"

　　"我们中午就能在岛上的私人海滩自由游泳，对
吧？好期待哟。"

　　这所学校好像在南方拥有一座小岛，现在我们正前
往那里。

"在此通知各位学生。假如有时间的话，请各位务
必到甲板集合。我们即将看见岛屿，想必你们将会在短
时间内看见非常有意义的景色。"

船上突然播放出这种"奇怪"的广播。栉田他们不
但毫不介意，而且还非常期待。学生们陆续出来集合。
几分钟后，岛屿的身影便出现了。

池发出了欢呼声。我们可以看见远处的地平线有着
小岛般的东西。

学生们发现岛屿后，便开始一起聚集至甲板。人群
峰拥而来。接着出现了蛮横的男学生们，把至今占着最
佳位置的我们挤开了。

"喂，很碍事欸。滚开啦，瑕疵品们。"

一名男生一面威吓着，一面像是要杀鸡儆猴似的撞
开我的肩膀。我急忙抓住甲板的扶手避免跌倒。男学生
们看见我这副模样后，轻蔑地笑了。

"你干什么！"

须藤立刻威吓还击，栉田担心地凑到我身边。让女
孩子关心的男生应该看起来非常没出息吧。

"你们也明白这所学校的结构吧？这里是实力至上
主义的学校，D班可没有什么人权。瑕疵品就要乖乖地
有瑕疵品的样子，我们可是高贵的A班。"

D班像是被轰出去一般离开了船头。须藤看起来虽
然很不满，但也控制住了脾气。这应该是他稍微变得

成熟的证据，还是说，因为他理解了 D 班的立场很弱势呢？

"嗨，各位。你们在这里啊……咦？发生什么事了吗？"

过来集合的学生当中，有一名男生前来向我攀谈。虽然他好像感受到气氛险恶，可是我不打算让他多操心，于是便装作没听见。这名男生的名字是平田洋介。他是 D 班的领袖，也是我目前隶属组别的领导者。第一学期结束的最后一天，班上定好了旅行的住宿房间分组。当我正期待自己是否会被比较要好的池或者须藤邀请时，他们那组的人一下子就满了。就在我快要落单的时候，救世主——平田超人登场拯救了我。

"欸，平田。你跟轻井泽进展到哪里了啊？"

池和不打算向轻井泽走去的平田搭话。

"这可是趟难得的旅行，所以你们就算再黏一点也可以哦！"

他讨厌其他女生都把目光投向平田，而如此开玩笑说道。

"我们有我们的步调。抱歉，三宅同学好像有困难，我先走了哦。"

平田的手机好像响了起来。他边操作，边返回船内。忙碌就是红人的宿命呢。

"什么嘛，那家伙。连在旅行途中也尽是在担心同班同学啊?"

"不过轻井泽也是这样。她最近都不太会跟平田黏在一起了欸……难道他们两个分手了?要是这样就太糟糕了……围绕在小栉田身边的竞争对手就会增加!"

他们确实完全没有如我们当初得知的在交往时那般如胶似漆,不过也没有像是在吵架的那种紧张感。因为我看到过他们亲密交谈的模样。

"春树,我决定了。我……我要在这趟旅行中向小栉田告白!"

"真……真的假的?假如被甩的话不是会非常尴尬吗?这样好吗?"

"虽然这是我擅自的推论,不过小栉田总之就是很可爱对吧?所以大多数男人都会想和她交往。不过她的等级太高,大家反而抵达不了告白这一步。因此我想她或许反而不习惯被人告白。与其说我这爱的告白,应该有可能打动小栉田的心,倒不如说,我只有这样才有希望。"

"是吗……你做好准备了呢。"

"是啊!"

如果平时的话,对于这些发言,山内是会激动对抗的。现在却完全不见他那种模样。

他东张西望地环视甲板,像是在寻找什么东西的样子。

"怎么了？"

"啊，不。没什么……"

山内如此说道，心不在焉地听池说话。结果，他最后都没有提及栉田的事。

"欸欸，小栉田。可以耽误你一下吗……"

"嗯？有什么事呢？"

池火速接近在附近眺望着大海的栉田。这明显是个可疑的行径。

"其实……该怎么说呢？我们认识也有四个月左右了对吧？所以我在想，我们差不多也可以用名字来称呼彼此。你看，用姓氏的话感觉很客套。"

"说起来，你和山内同学他们不知从何时开始就在用名字称呼对方了呢。"

"不……不可以吗？如……如果叫你小桔梗的话。"

栉田对于如此询问的池露出天真无邪的笑容。

"当然可以哟。那我叫你宽治同学就可以了吗？"

"唔哦哦哦哦！小桔梗！"

池以会让人联想起电影《前进高棉》海报上的姿势对天大喊。

栉田觉得这姿势很好笑，因而噗哧发笑。

"名字吗……欸，话说回来，堀北的名字是什么来着？"

须藤一副我肯定知道的样子理所当然地问道。

"富子。堀北富子。"

"富子吗……真是可爱的名字欸。就跟我想的一样，感觉上完全吻合。"

"啊……不对，我记错了。她叫作铃音。"

"你这家伙，别搞错名字啦……铃音吗？感觉这个名字比富子更有韵味一百倍呢。"

无论堀北的名字是贞子还是山姆，最后你应该都会觉得很有韵味吧。

"好，这个暑假期间，我也要用名字来称呼她。铃音、铃音！"

看来，男生们打算在这段假期里逐渐缩短与女生们之间的距离。

另一方面，却还没有一个男生以名字来称呼我，而且我也没用名字称呼过别人。

"对了。欸，让我试着练习吧，绫小路。让我进行叫她铃音的练习。"

"什么练习啊？还练习咧……一般人不会做这种事情哦。"

我认为称呼名字的练习，除了在本人面前是无法进行的。单细胞的须藤似乎打算假装我是想象中的堀北，对我投来认真的眼神。

是因为他认定我是异性的缘故吗？这视线真是令人分外恶心。不知是否是心理作用，他连呼出的气息都很炽热。

"欸，堀北。能打扰你一下吗？我有些事想对你说……"

"我不是堀北。"

我马上就开始觉得很恶心，于是对此表示拒绝并且撇开了脸。

"笨蛋！这是练习啦！我也不想做啊。可是练习是必要的吧？即使是篮球，不练习也没办法打得很好。不管是哪种，最关键的都是出手投篮。"

我一点也不想听他说这种歪理……但也没办法，于是就忍耐着听他继续说下去。

"堀北。我们总是这么客套不是很奇怪吗？我们认识也有一段时间了。其他人似乎都开始以名字来称呼彼此了，我们也差不多该这么称呼对方了吧。怎么样？"

"……"

我不禁很想敲须藤的头。但我在精神层面很成熟，就忍住了没这么做。

"说点什么话嘛，这样就不是练习了吧。"

"不不不……什么叫说点什么？你想让我讲什么？"

"就是堀北可能会说的话啊。你长时间和堀北相处，应该知道吧？"

才认识不过四个月而已，我怎么可能会知道这种事。即使如此，须藤还是坚持要我扮演他想象中的堀北。他半威胁似的握紧拳头。

"堀北就由往成人阶段迈出了一步的我来代替演出吧！不用客气，来练习吧。"

池似乎想担任替演。须藤虽然觉得有些蹊跷，却还是这么说道："堀北……我想是时候该用名字来称呼你了。可以吗？"

"咦……须藤同学你又不是帅哥，应该好像也没什么钱吧？还是该说你不是我喜欢的类型呢？所以说抱歉喽！"

别说是完全不像，池扮演了跟堀北完全不同类型的辣妹高中生。他尝到了须藤的锁喉技，在甲板上痛苦挣扎着。

这些家伙总是很有精神呢。我光是看着好像都会累积疲劳……虽然看起来他们很开心。

过了不久，周围忽然嘈杂起来。

能用肉眼清楚确认岛屿之后，转眼间我们便与它缩短了距离。学生们的激动、兴奋之情也逐渐高涨。我本以为船只会就这样抵达岛屿，但不知为何，我们却略过了码头，开始在岛屿外围绕行。这座向政府租来管理的岛屿，面积约为零点五平方千米，最高海拔两百三十米。虽然从日本全国看来，它的面积非常小，但是从我们共乘游轮的这一百多名学生看来，这是座足够大的岛屿。

游轮看来要绕一圈，让我们观察整座岛屿。

绕行岛屿的船只没有改变速度。船一面高高溅起水花，一面进行不自然的高速航行。

"这景象还真是神秘呢！好感动哟。欸，绫小路同学，你不这么觉得吗？"

"哦、哦哦，是啊。"

我看着对无人岛双眼闪闪发亮的栉田，心中有点小鹿乱撞。

栉田果然很可爱。她那孩子般的动作及笑容，都让人不禁想去保护她。

"我们即将在本校所拥有的孤岛登岸。请同学们于三十分钟后换好运动服，并在确认完规定的行李无误之后，带上手机到甲板集合。除此之外的私人物品，请你们全都放在房间里。由于上岸后可能暂时无法使用洗手间，因此请你们提前解决。"

船上开始播放广播，看来我们就快要登上私人海滩了。

池他们洋洋得意地回去换衣服，我也往自己的房间走去。

我穿上体育课会用到的运动服后，就回到甲板上，等待船只抵达岛屿。随着岛屿越来越接近，一年级学生的情绪也到达最高点。

"那么接下来，请依序从 A 班学生开始下船。另外，手机禁止携带入岛。请大家自觉交给班主任，并且下船。"

在手持扩音器的教师号令之下，学生们依序走下游轮的阶梯。

"好热。走快一点啦……就算衣服穿得很薄，也还是会流很多汗欸。"

在停泊岸边的船只甲板上，我们无法躲开阳光。产生不满情绪也是无可奈何。

D班一面忍受炎热，一面待命准备下船。接着，堀北也终于前来会合了。乍看之下，她与平时没什么差别，不过却也有些许像是变化、异样感的东西。平时一丝不苟的堀北在仪表上也会耗费心思。然而，她现在却就这样放着凌乱的黑发不管，看起来简直像是没意识到这点一样。

堀北像是觉得有点冷，无意识地搓着手臂，等待登上岛屿。

"你刚才都在做什么啊？"

"我在房间看书而已。书名为《丧钟为谁而鸣》，虽然你应该不知道呢。"

喂喂喂，是欧内斯特·海明威的代表作啊？这是本无可挑剔的名作欸。

我老早就觉得堀北这家伙的读书品位真的非常棒……只不过，尽管是这种豪华旅行，她却还是以读书为优先。我认为这样有点问题。

不过，这次她是否真是为了读书而宅在房间里实在很令人怀疑。

可是既然她本人什么都没说，我去探听这点就很不识趣了。我还是把这件事给忘了吧。

"虽然我很在意后续情节发展，不过既然禁止携带私人物品，那就没办法了呢。"

堀北很遗憾似的嘟哝道。这可不是接下来要去海滩的人该说的话哦。

下船比我所想的还耗时间。好像是因为下船时，老师们会守在学生的两侧，检查行李。

"欸。你不觉他们格外慎重，或者该说很警戒吗？没收手机这种事，即使是在考试的时候也没有呢。禁止携带多余的私人物品也是如此。"

"的确。如果只是要去海边玩，也没有必要做到这种地步。"

话说回来，船尾那边放置了一架直升机。若要说那很不自然，确实也是。

哎，虽然我有点担心，但说不定是我想得太多。

假如把手机带到海边，就算出现某个弄湿损坏手机的学生也不奇怪。把多余的私人物品带上岛的话，产生的垃圾也会污染海滩。

如果突然生病的话，出动直升机也是有可能的……

接着终于轮到了我们。接受严密检查之后，我们便走下了舷梯。

而此时，我还没有察觉，这里就是天堂与地狱的分界线。

1

我们的班主任，对着一边悠哉谈笑一边下舷梯的我们严厉地说道："现在开始点名。被叫到的人，请大声应答。"

她同时吩咐我们排队，并单手拿着板子，开始确认全班是否都出席了。

茶柱老师和学生穿着一样的运动服，令人有种近似于集训的感觉。即使如此，多数学生脸上也毫无紧张的神色。

"啊……真是的。真希望自由时间快点开始。大海就在我眼前欸。"

在我正后方的池，觉得麻烦似的如此嘟哝。大部分学生应该都非常想要奔向沙滩吧。不久，一名身材高挑的老师走到前方，站上准备好的白色讲台。他是真岛老师，平时负责教授英文的A班班主任，以严谨出名。他有着如摔跤选手般的体格，乍看之下四肢发达，但脑筋非常好。过去也教过其他科目。

"首先，很高兴各位今天顺利抵达此地。另一方面，虽然只有一名学生，不过也非常遗憾有人因病无法参加。"

"就是会有因为生病而无法参加旅行的家伙呢。真可怜。"

池以老师听不见的音量小声说道。不过确实如他所言。

　　如果是半吊子的旅行那还说得过去。可若是这么豪华的旅行，就另当别论了。事后听朋友分享，应该会非常后悔吧。应该会觉得……若身体仅是稍微不适，那即使勉强自己，当初也应该参加才对。

　　话说回来，虽说是旅行，但老师们的表情却都很严肃。虽然这对学生们来说是假期，但是班主任只能将此视为工作吗？

　　不……看来事情并非如此。

　　当真岛老师无语凝视着学生们的时候，我看见身穿工作服的人，在稍远处开始特地搭帐篷。我还看见长桌上有电脑等物品。

　　学生们对于与大海的微微浪波不搭调的这种城市声响，也开始浮现出困惑的神情。真岛老师仿佛在等待气氛改变似的，接着说出了一句冷酷的话。

　　"那么接下来，我们要开始进行本年度最初的特别考试。"

　　"咦？特别考试？怎么回事？"

　　不仅是我后方的池，几乎所有班级都发出了这理所当然的疑问。

　　对于至今为止，不对，对于现在也认为这只是旅行的学生们而言，这无疑是晴天霹雳。

　　也就是说，校方出自善意所办的暑假豪华游轮之旅——果然只是幻想。

紧张与放松的差距实在是太大了。

"考试时间为从现在起的一个星期，并将于八月七日正午结束。接下来的一个星期你们会在这座无人岛上度过团体生活，这就是考试内容。另外，我话先说在前头，这是参考真实存在的企业培训定出的特别考试。它非常具有实践性与现实感。"

"在无人岛上生活？也就是说，我们不是要在船上，而是要住在这座岛上吗？"

不知是 B 班还是 C 班那一带，对真岛老师抛出了理所当然的疑问。

"是的。考试中无正当理由不允许上船。在这座岛上的生活，从睡觉场所到食物，一切都需要由你们自己来思考。学校在开始时，会给每个班级发两顶帐篷、两支手电筒，以及一盒火柴。然后，防晒霜的用量是没有限制的。牙刷每人一支。作为特例，我们允许女生无限制地使用生理用品。请你们各自向班主任提出请求。以上。"

"以上"也就代表……除此之外的一切都不会配给了吗？

"什么！难道所谓真正的无人岛求生，就是像这样？这种荒谬的事情我可没听说过！这又不是动漫！而且只有两顶帐篷，也睡不下所有人！说起来吃饭之类的又该怎么办啊！真让人不敢相信！"

池以所有人都听得见的嗓门大声喧嚷。在无人岛上过自给自足的生活也就意味着狩猎野生动物、在河里洗澡、用木头制作床铺。这确实是在电影或小说中经常出现的事情。任何人应该都无法料到，这种事变成学校考试的日子居然会到来。

然而真岛老师没有更正说这是在开玩笑。

不对，岂止如此，他甚至还发自内心一般对于池的发言感到无语。

"你说不敢相信，但这只是由于你度过的人生既短暂又肤浅而已。事实上，在无人岛上进行培训的企业真的存在，而且还是有名的大企业。"

"不……不会吧，那……那应该是特殊情形吧……无人岛实在太具有跳跃性了吧？这是绝对不可能的！这太不现实了！"

"住嘴！再这样下去会很难看。刚才真岛老师所说的只是一小部分。世界上还存在着各种各样的企业。不仅是奇怪的培训，还存在着像是办公室里没有椅子的职场，以及依骰子掷出的结果来决定薪资的公司。世界比你想象的还要更加宽阔及深奥。"

茶柱老师似乎看不下去池的失控，告诫似的说着，并且接着说道：

"换句话说，无法区分现实与不现实的人是你。"

即使如此，多数学生似乎都无法接受，看起来相当不满。

"现在你们应该是这么想的吧。想着这种考试毫无意义。或者，说不定还有人在怀疑这种培训是否真实存在。然而，停留在这种思维程度的学生，在未来也会是个不具发展希望的人。这些话哪里有足以让你们批评'不可能'或者'很愚蠢'的根据呢？你们只是学生而已，还不是什么了不起的大人物。说穿了，就等同于毫无价值。这种人还要来批判一流企业的做法？真是可笑。你们若是社长，经营着比起举例中的企业还更加厉害的公司，那说不定还有否定的权利。然而，若你们不是这种人，照理不会有什么足以否定这件事的根据。"

我们确实仅凭只言片语，就擅自判断这种做法很胡来、很不现实。

就如真岛老师所言，我们并没有任何足以否定这种做法的根据。

因为我们只是把超越自己理解范畴的事物，自私地断言为"很奇怪"、"不可能"。从能够理解的那方看来则会称此为滑稽吧。

"老师，可是现在是暑假，而我们是以旅行的名义被带过来的。我认为企业培训不会做出这种如同暗算的行为。"

不知道哪个班的学生很不满似的如此顶嘴道。

"原来如此。关于这点你的理解并没有错。各位会产生不满的情绪，我也理解。"

与池的情况不同，真岛老师对于用正论反驳的学生，做出部分认同般的发言。对现状流露不满的学生，与针对至今过程觉得不服的学生……这两者之间的着眼点并不一样。

"不过各位可以放心。假如这是场强迫你们进行严酷生活的考试，那即使你们产生不满我们也能理解。不过，就算这是特别考试，你们也不需要想得这么深。现在开始的一个星期里，你们要在海边游泳、要去烤肉都可以。偶尔生个火，与朋友们彼此交谈也不错。这次特别考试的主题就是'自由'。"

"咦？主题是自由，也就是说……也可以烤肉？嗯？这还称得上是考试吗？我的脑袋开始混乱了……"

明明是考试却可以自由玩耍。矛盾的事情混在一块，更是令学生一头雾水。

"在进行特别考试之前，我们会发给各班三百点的考试专用点数。好好利用这些点数，你们就有可能像在享受旅行一样度过一个星期的特别考试。为此我们也准备了指南手册。"

真岛老师从其他教师那里收下厚达数十页的册子。

"在这份指南手册里，记载着所有能用点数获得的物品清单。生活必需品的饮用水或食物不用说，假如你们想烤肉，我们也会准备器材或食物。我们还准备了无数个能尽情享受海洋的游戏道具。"

学生们严肃的表情逐渐转而平静。

"也就是说利用那三百点，我们就能获得任何想要的东西吗？"

"对。只要利用点数，所有物品都有可能凑齐。当然你们有必要计划性地使用，考试的设定是只要有踏实的计划，就能够毫无困难地度过一个星期。"

如果真的光靠点数就能生活一星期，那与其说这是考试，不如说它的形式可能还比较接近假期或者纯粹的暑假。

"可……可是，老师，既然说是考试，那应该还是会有某些困难的事情吧？"

"不，完全没有困难的事情。对第二学期也没有任何负面影响。我保证。"

"那么，也就是说一个星期里都在玩乐也没有关系吗？"

"对。完全是你们的自由。当然，考试中存在着过团体生活时最低限度的必要规则，不过完全没有难以遵守的内容。"

这么说的话，真的就代表着毫无风险吗？假如是这样，那强调这是考试的意义，就会是个疑问了……

也就是说，这纯粹是个利用暑假并通过旅行，来让全年级交流的环节吗？

　　就算东想西想，我也不可能明白学校的真正目的。不过真岛老师接下来的这句话却明朗了这场考试的全貌。

　　"这场特别考试结束时，各班级剩下的点数，全都将合计到班级点数里面，而结果将会在暑假结束时反映出来。"

　　一阵风伴随着这些话刮过盛夏的海滩，扬起了沙尘。

　　真岛老师说出的这句话，无疑为我们带来了今天最大的冲击。

　　像笔试这种至今只以学习成绩为基础的考试，聚集成绩优异学生的好班必然很有优势。D班的班级点数往往会被拉开距离，并且被逼入困苦的处境。然而，这次的规则却完全不同。这次的考试让人几乎感受不到A～D班之间的不利差距。

　　"也就是说，只要忍耐一个星期……下个月开始我们的零用钱就会大幅增加，对吧！"

　　对，这是场竞争"耐力"而非学力的比赛。也就是说只要一面拒绝身旁的欲望，并且一面忍耐，说不定就可以接近好班。而池的发言也不会是个梦。

　　"各班将分配到一本指南手册。虽然遗失也能补发，但由于会花费点数，所以请小心保管。另外，这次A班学生有一人缺席。在特别考试规则里，因身体不适等原因而退出的人，其所在班级按规定扣除三十点。为此，A班此次考试的点数为两百七十点。"

即使是 A 班也被毫不留情地惩处。A 班学生们没表现出动摇，不过其他班级的学生都对被扣除三十点这件事做出惊讶的反应。

真岛老师表示发言结束，同时也宣布我们解散。拿着扩音器的另一名老师告知我们去听取各班班主任的补充说明，我们于是聚集到班主任茶柱老师的身边。四个班级彼此保持距离进行集合。

"下个月开始就有三万、下个月开始就有三万、下个月开始就有三万……拼了！"

包括池在内的男生们做出胜利姿势，女生们也开心地讨论起要购买什么。

对 D 班而言，大量增加班级点数是个夙愿。

我们只要对奢侈生活视而不见度过一周——这件事实在很简单。

"现在我要发给你们一人一只手表。直到一周后考试结束为止，请你们都不要摘下来，并好好戴在手上。未经允许摘下手表的话将受到惩罚。这只手表不仅能确认时间，还设置了侦测体温、脉搏或人的动作的感应器，以及卫星定位系统。另外，以防万一，手表也搭载了向校方传达紧急情况的功能。紧急时刻要毫不犹豫地按下这个按钮。"

厂商人员在茶柱老师身边堆放物品。那应该是 D 班配给到的帐篷和手表等物品吧。老师指示我们把箱子打开并戴上手表。

"紧急情况？应该不会出现熊之类的危险动物吧？"

"不管怎样这都是考试。我无法回答可能会左右结果的提问。"

"唔……您这么一说不就更可怕了吗？"

"我觉得再怎么说也不会有危险的动物呢。假如学生被袭击而受伤，那就会是个大问题。目的应该单纯只是为了管理我们学生的健康状况吧？而且既然把我们放到无人岛，学校也必须确保安全性。"

就如平田所言，手表应该是校方贯彻安全管理的手段之一。假如学生在岛上自由行动，那么光靠老师的双眼，是无法完全掌握所有学生的状况的。尽管如此，要像校内那样装设监视器也很困难。校方应该是打算用这个来监视学生的身体状况，并拿来应对无法预期的事态。

说不定我在游轮上看见的直升机，就是为了应对这种紧急时刻的措施。

每个学生都拿到了手表，大家戴上各自偏好的左手或右手。

"就这样戴着下海也没关系吗？"

"没问题。手表是防水的，而且万一出现故障，考试管理人会立刻拿代替品过来交换。"

这场特别考试并不是学校闹着玩而举办的，应该是在假想各种情况后才实施的，不太可能会有疏忽。

"茶柱老师。听校方说我们要在这座岛上生活一周，不过只要我们不使用点数，就代表着一切都必须由我们自己设法解决，对吗？"

"对。校方完全不会干涉。食物跟水都要由你们自己来准备。就算是不够用的帐篷也是如此。思考解决方法也是考试内容。这不关我的事。"

比起男生，女生更露出了困惑的神情。她们应该对于床铺没有着落感到很不安吧。

"没问题啦。随便抓个鱼，然后在森林里找些水果不就好了。帐篷就用叶子、木头等材料制作。即使最坏的情况是搞坏身体，我也会加油。"

池满怀保存三百点的干劲，他似乎没有任何不安，满不在乎地如此说道。

若是只有一个人的生活，那还说得过去，可是全班有三十多个人。

就算说要我们准备全班分量的必需品，也不太可能很顺利地进行。

"池，很遗憾。情况未必会按照你的计划进行。翻开分配下来的指南手册。"

平田听从茶柱老师的指示，翻开我们获得的指南手册。

"最后一页记载着扣分审查项目。你们先读读看吧。那会是关于这场特别考试的重要情报。要不要活用都取决于你们。"

　　最后一页上面写着："符合以下情况者，将受到规定之惩处。"

　　"身体明显不适或者受重伤，被校方认定难以继续应考者，扣三十点。同时，该生将退出考试"、"发现污染环境的行为时，扣二十点"、"缺席每天早上八点、晚上八点进行的点名，每人扣除五点"，接着最重的惩罚则是"对其他班级做出暴力、掠夺、破坏器具等行为时，该学生隶属的班级将立即失去资格，并没收当事人的所有个人点数"——上面总共记载着四点事项。A班也受到了这些规定的处罚。第四项的妨碍行为是极为理所当然会被惩罚的事情。而剩下的三项，则明显是为了不让学生擅自乱来所制定的规则。早上跟晚上都点名，我们也就无法通宵玩闹或者露宿野外。而且这也能制止随地大小便的野蛮行径。换句话说，这些规定便是防止这场忍耐大会变得毫无分寸的手段。校方的立场是代替家长看管重要的孩子。无论哪一项似乎都能说是不可缺少的必要规则。

　　"你要乱来是你们的自由。但如果有十名学生的身体陷入不良状况，你们的忍耐及努力全都会化为泡影。一旦被校方判断为弃权便无法重回考试。你在蛮干的时候，也要对此做好准备哦，池。"

　　靠忍耐熬过的方法已经被堵住。预想这个方式的部分学生都很困惑。

不使用任何点数的这个战略，这么一来便几乎无法执行。不过，其他班全力挑战野外求生的可能性，也可以说是几乎消除了。同时，这场考试不是游戏、不是靠运气，也不是光凭忍耐——这些也都弄清楚了。

这是要我们思考如何有效率地运用及节省点数，并熬过一个星期吗？

还是说……总之，就如字面意思，"特别考试"的形式正慢慢地映入眼帘。

"换句话说，使用一部分的点数也是没办法的事情对吧？"

一名叫作筱原的女生听着事情经过，说出了这番话。

"我反对从最开始就妥协的作战方式。能忍到什么程度，就该尽量忍。"

"我了解你的心情。不过要是身体倒下，那就糟糕了呢。"

"平田，你别说这种丧气话啦。不先忍耐，考试不就无法顺利通过了吗？"

想必越了解规则，我们各自的想法就会越不同。大家的意见逐渐开始产生分歧。

话说回来，指南手册上记载可购买的物品范围还真广泛。

有帐篷或烹饪器具等野外生存之中不可或缺的道具、数码相机或无线电对讲机等电器、遮阳伞、救生圈、烤肉套组与烟花等娱乐用品，还有生存不可或缺的食物和饮用水。学校将考试设定为一切物品都能用点数买到。想使用点数时向班主任提出，似乎无论是谁都可以申请。

"茶柱老师，假如这是您可以回答的问题，那么就请告诉我。假设在三百点全都用光之后出现弃权者，情况会变得如何呢？"

大致听完说明的堀北举起手，向茶柱老师提问。

"这种情况只会增加退考人数。点数会维持零点不变。"

"也就是说，这场考试我们并不会陷入负分，对吧？"

茶柱老师表示肯定。真岛老师也说过考试不会造成负面影响，看来这点是真的。茶柱老师迅速确认了一下手表时间，继续说道：

"学校配给的是一项可供八人使用的大帐篷。它的重量将近十五公斤，所以搬运时要格外小心。另外，如果分配的物品损坏或遗失，校方一概不提供帮助。需要新帐篷的时候，要切记将会耗费点数。"

"老师，能不能也让我提个问呢？请问点名会在哪里进行呢？"

"校方规定班主任直到考试结束为止，都要和自己所带班级一起行动。你们要是决定好营地位置，就来向我报告。我就会在那里设置据点，而点名则规定要在那里进行。还有，一旦决定好营地，无正当理由就无法变更，因此请你们好好考虑。其他班级也是一样的，不会有例外。"

也就是说，作为监督，茶柱老师会和 D 班一起度过一个星期吗？当然，她应该不会给予任何帮助吧。

"欸，老师。抱歉在你说话途中插话。不知道是不是刚才喝了饮料，我现在很想去厕所。厕所在哪里啊？"

须藤看起来很不沉着地环顾四周，他似乎没有好好听船上的广播。

"厕所啊，我正想进行这项说明呢。你们要上厕所的话，就用这个。"

茶柱老师敲了敲堆放物之中的一个纸箱，接着撕掉胶带，取出一叠折起的纸箱。

"啊？那是什么啊？"

"简易厕所。这东西每班都配有一个，请你们小心使用。"

对这番说明感到最困惑的并非须藤，而是班上的女生们。

"难道说我们也要使用那东西吗！"

特别惊讶的人不是轻井泽，而是筱原。

与其说她隶属于轻井泽的团体，不如说她自己也获得了一定程度的支持，是个很有存在感的女孩子。

"男女要共享。不过你放心吧。同时会附带一个更衣也能使用的轻便帐篷，想必不会发生被人看见的事情。"

"不是这种问题啦！居然要在纸箱上解决！我绝对做不到！"

"虽说是纸箱，但这是制作良好的优质物品。它是在灾害中也会被拿来使用的东西。现在开始我要示范使用方式，请你们记下来。"

茶柱老师把女生发出的嘘声当作耳边风，并以熟练的动作组装起厕所来。

接着，她把蓝色的塑料袋装上，并且把如薄布般的白色东西放入其中。

"这块薄布叫作吸水布，它是拿来盖住、固定排泄物的东西。这样就看不见排泄物，同时也能抑制臭味，使用完毕之后再将布盖上。重复这动作，一个塑料袋可以使用五次左右。原则上，只有这个塑料袋与吸水布是无限供应的。如果你们无论如何都接受不了的话，每次使用前都替换塑料袋也没关系。"

女生们哑口无言地听着这些说明。假如这是灾难时刻那也无法抱怨，因为那种时候也无法说出像是"男生怎样、女生怎样、纸箱又是怎样"的这种话来。

然而，要对她们说"现在就把这里当作灾区来生活"应该也相当困难吧。

"这当然做不到！我绝对做不到！"

以筱原为首，几乎所有女生都表示拒绝。

默默守望着这种情况的池，不开心似的如此说道：

"就只是厕所而已，我们就这样忍着吧。这不是什么值得争执的事情吧，筱原。"

"别开玩笑。这跟男生没关系吧？什么纸箱厕所，我绝对无法接受！"

"做决定的是你们，我没有任何话要说。不过不用说海里或河里，校方不允许学生在岛上的任何地方随意大小便。请别忘记这点。"

老师如此忠告完，就淡然地打算进行下一个话题。

"纸……纸箱之类的东西我绝对没办法接受！再说男生也会在附近吧？很恶心欸！"

对此无法接受的筱原，对于男生……特别是针对池，开始倾泻心中的愤怒。

"什么嘛，我可无法接受你把我们当成变态。"

"这是事实吧？而且你看起来就非常变态。"

"什么？这还真伤人……我可是超绅士的欸。"

"真是笑死人。绅士？真的假的。你就是最出众的变态候选人啦。"

池跟筱原两人之间劈里啪啦地迸出火花。

"反正我就是不能接受。"

这并不是在强词夺理……筱原如此主张，而大部分女生都和她一样一副无法接受的样子。

"那要怎么办啊。你们要忍耐一星期不上厕所吗？这绝对不可能吧？"

"这……"

茶柱老师事不关己似的看着池和筱原的说辞与争执，忽然露出好像很不开心的表情，望向我们的后方。

"哈啰！"

我们的身后传来这种懒散的声音。

这声音的主人一捕捉到目标人物便跑了过去，接着绕到她身后抱住她。

"你在干吗？"

"在干吗……应该算是在跟你进行肌肤接触吧？你过得怎么样呀？"

B班班主任星之宫老师这么说完，便轻柔抚摸茶柱老师的上臂。

"小佐枝的头发无论何时摸起来都很清爽呢！"

"你有好好理解学校的规定吗？偷听其他班的情报实在是太荒谬了。"

"我好歹也是个老师。就算听见什么情报，也绝对不会说出去哟。不过，真不敢相信我们两人居然会同时来到这座岛屿。你不觉得这是命运吗？"

命运？茶柱老师忽略星之宫老师这别有用意的话语。

"你真啰嗦，赶快回B班去！"

"啊，这不是绫小路同学吗？好久不见！"

星之宫老师平时担任保健室医生，所以她和其他能在课堂上碰面的老师不同，我们没什么机会遇见她。我

简单点头回应她。

"夏天是恋爱的季节。如果要向心仪的女生告白，在这么漂亮的大海前面，说不定会很有效果哟！"

"就算大海再漂亮，我们班也没那种闲情逸致。"

我简单回答带过。话说回来大家都在盯着我看，我真希望她别缠着我。

"你必须放轻松点来考试哟。"

"喂，你再这样下去，我可要把这视为问题行为向上呈报了哦！"

"唔，你也不用这样瞪着我吧……我知道了，我知道了啦。那就拜拜喽。"

星之宫老师露出悲伤的表情离开茶柱老师。当星之宫老师正好回到 B 班阵营时，茶柱老师仿佛认为时机恰当，于是便开口：

"那么接下来我要说明追加规定。"

"追……追加规定？又有什么规定了吗……"

"你们马上就会被允许在这座岛上自由行动。这座岛屿四处都设有据点。那些地方存在着'占有权'的机制，占领班级将被赋予专属使用权。要如何活用都是获得权利班级的自由。只不过，占有权在效力上只有八小时，时间一到权利便会自动消除。也就是说，每逢此时其他班级就会产生取得占有权的权利。然后，每占领一次就可获得额外点数一点。然而，这一点只是暂时的，考试中无法使用。因此，那些点数只会在考试结束时计算、累计。由于校方将不断地监视学生，所以你们没有违规的余地。请你们注意这点。"

"咦！这件事岂不是非常重要吗！还会附赠点数，真是太棒了！我们一定要全都拿到！"

"我们马上就去找吧。"池双眼发亮，并开始邀请山内他们。

手册上也详尽写着这件事情。据点附近好像一定会有表示占有权的装置。虽然不清楚岛上有几处据点，但是这应该可以说是获得点数的重要途径。然而……

"我明白你焦急的心情，但是这项规则具有很大的风险。你们要考虑风险之后，再研讨是否要去利用。包含这项风险在内，指南手册上都写了。"

就如茶柱老师所说的，为了使特殊规则清楚明白，手册上一条条写着追加规范。

一、占领据点时需要专用钥匙卡。

二、每占领一次便会得到一点，可自由使用占领到的据点。

三、未经许可使用其他班占领的据点，将受五十点惩罚。

四、只有领导者才能使用钥匙卡。

五、无正当理由无法更换领导者。

以上就是大致的规则。剩下的内容茶柱老师也直接说明了，不过上头也写着——每八小时占有权就会被重置，同一个班级不仅可以同时占有多个没被占领的据点，还可以重复占领同一个据点等事项。

假如成功获得三个据点，并且每八小时重复占领，考试结束时说不定能获得五十以上的点数。然而，这样做也伴随着巨大的风险。

如果规则只到这里，那就只会是动作快者胜出。这规则结构看来就会是只要强硬重复占领据点就可以了。然而这是不可能的，其理由就在最后写出的规则之中。

最后一天，我们将在点名时被赋予猜测其他班领导者的权利。这时候，如果可以猜中其他班的领导者，那么每猜中一个，猜中的班级就会获得五十点。相反，被猜中的班级则必须支付五十点作为代价。也就是说，要是为了获得据点而随便行动，也可能会被其他班看穿领导者是谁，并失去大量点数。风险跟报酬都非常高。

不过，这项权利无法随意行使。万一猜错领导者，就会被视为误判而扣除五十点。再加上，被猜中领导者的班级也会失去至今存下的所有额外点数。上述规则也就意味着假如没有相当大的把握，不可轻易参加这场占领战役。

"你们也必须决定一个领导者。不过要不要参加都是你们的自由。只要不贪心，想必也不会被别人知道谁是领导者吧。你们要是决定好领导者了，就跟我及时报告，我会发下刻着领导者姓名的钥匙卡。时限到今天的点名为止。在那之前还没决定好领导者的话，就会由我随便决定一个。以上。"

换句话说，只要被偷看到，领导者的真面目就会浮现在光天化日之下。茶柱老师的说明就到这里，她将赌注托付给学生们。平田随即开始行动。

"决定谁当领导者也还有些时间，我们等一下再想吧。我们先决定在哪里设置营地吧。就这样在海边扎营，还是进入森林呢……据点的事应该在这之后再思考吧。"

指南手册上附着岛屿的简单地图。上面只画了岛屿的大小与形状，森林面积与坡度等一切不明。可以说它就是张白纸。

"这看起来就像是要我们自己填入必要的部分。"

校方恰好也准备了圆珠笔，这便能够佐证这点。

"设在有很多老师们的船边，不是就好了吗？"

"不，未必这样就好。这就跟选择据点的道理是一样的，因为这里什么也没有呢。"

这里既没水也没食物。要是在这里建立据点，很可能会离获得这些资源的地点最远并且这里白天日照强烈，环境严酷。话虽如此，但太过深入森林应该也有风险。

"比起这些，更首要的问题是厕所。我已经快忍不住了啦。"

须藤抓住茶柱老师组装好的简易厕所，并组装起轻便帐篷，然后把它设置在稍远的地方，接着走了进去。

"我可受不了。"筱原她们见状，将身体靠在一块说道。

茶柱老师往后退一步。这应该是"我不会再干预，随你们高兴"的意思吧。

"欸，平田同学。厕所的事情尽早决定应该比较好吧？"

其他学生也很快就会需要厕所。女生的意见很合理。

"虽然说要决定，但我们不就只能忍着使用那东西吗？"

"不，并不是没办法哦。"

视线落在指南手册上的平田这么说完，便抬起了头。

"因为指南手册里写着可以用点数购买临时厕所。"

筱原她们因为这句话而一齐聚集起来，探头望向手册。

临时厕所的机能似乎无可挑剔，从参考照片来看，它几乎不逊色于家用厕所，而且也可以冲水。如果是这个的话，女生应该也能接受吧。然而，问题似乎就是每座临时厕所需要二十点。很难判断是昂贵还是便宜。

"这东西绝对需要！虽然这个我其实也不是很能接受……反正我们一定要买这个！"

以筱原的发言为开端，许多女生也对此表示赞同。对女生而言，厕所的存在或许甚至胜于食物或饮水。女生将"只有这点不退让"的想法传达了过来。

"你……你们等一下啦！这可是二十点！就为了区区一个厕所？"

反应激烈并表示反对的，是非常想节省点数的池，还有可以忍受纸箱厕所的部分男生。他们是想尽可能地减少花费吧。

"就只是厕所而已有什么关系。我们已经有一个了呀！对吧！点数要在紧要关头使用啦。现在不节省就糟糕了吧！"

"你别擅自做决定啦。因为统合意见的可是平田同学。对吧，平田同学？"

筱原无视池的发言，为了让平田购买临时厕所而恳求道。

"也是呢……至少让女生有个像样的厕所会比较好……"

"要统合意见是你的自由，但你也不是什么事都可以擅自做主。"

池看见平田打算赞成买下厕所，连忙阻止。

"啊……吵死了。轻井泽同学你也说些什么嘛，说我们需要临时厕所。"

筱原就像在寻求同意似的，向身为女生代表人物的轻井泽搭话。

"是吗？虽然这样很辛苦，可是我更想要点数。所以我打算忍耐。"

意想不到的是，感觉会最先抱怨的轻井泽，对使用简易厕所表示赞同。

"而且学校也会为我们准备最低限度的必需品。所以我会忍耐。就算要洗澡也有河水。只要利用河水，事情总会有办法吧?"

"轻井泽同学……你怎么这样!"

既然轻井泽都这么说，顽固的筱原也就无法正面违抗了。

因为只要多数女生都追随轻井泽，她的发言影响力无论如何都会受到限制。

幸村忽然加入池与筱原的这场战局。

"我不是不能理解女生想要临时厕所的心情。就算这样，我也无法接受你打算擅自使用同样属于男生的点数。如果你想要临时厕所，我希望你最少也要收集到过半数的同意票再说。"

幸村将眼镜向上推，对筱原抛出口气严厉的话语。

"我……我只是在争取女孩子理所当然的需求。这跟男生没关系吧!"

"理所当然的需求? 跟男生没关系? 我无法理解。这岂不就是纯粹的差别待遇吗?"

"差别待遇? 啊……我的头开始痛起来了。平田同学，我们别管他们了，好吗?"

关于厕所的事，筱原无论如何都无法退让。

"这场考试可是能弥补我们班与其他班点数差距千载难逢的机会。我们不能在厕所上浪费珍贵的点数。因为我并不打算一直待在 D 班。要是答应筱原同学你这种个人的任性需求，那就没什么好谈了吧。我希望现在就好好决定方针。"

"什么？你这是想说我什么都没在想吗？"

"若只按照本能行动，那就连猴子都办得到。女人感情用事就是很讨厌。"

"你说什么？我又不是说想要使用全部的点数。我是在说我有最低限度的需求。我认为自己很讲理呢。"

"你们两个都冷静下来。我了解幸村同学想说的话，可是就算像这样气势汹汹地说话，不还是无法解决问题吗？你们要更冷静地……"

"冷静？这样的话，那你的意思是不管怎样都不能擅自使用点数，对吧？"

"这……"

平田被怒火上升的两人弄得左右为难，不知如何是好。即使如此他也尽可能地不露出困扰的表情，同时拼命地想要劝架。

"没有统率能力的 D 班，真是前景堪忧呢。而且身为和平主义的平田同学，应该无法好好做决定吧？"

我保持距离注视着这个情况。而我身旁的堀北领悟到状况好像不会有任何进展，于是发出了沉重的叹息声。

"这次考试，似乎可以说是个远比我想象中还更复杂、更令人费解的课题呢……"

堀北罕见地表现出不知所措的模样。

"这是个获得大量点数的机会，堀北你应该也认为忍耐也没关系吧？"

堀北的侧脸，与其说是复杂，不如说似乎有点懊恼。

"谁知道呢。我还没乐观到能在这个阶段说出'简单'这句话呢。我也和其他人一样，没在这种地方生活过，因此无法考虑周详。我深深觉得这场考试乍看之下似乎单纯，但也许会因为一个立场问题就发生巨大变化呢。大家明明都有想节省点数的心情，但却无法好好整合。这真是场令人讨厌的考试呢。"

有使用点数派、不使用点数派，以及在各个重要之处使用点数的一派。

即使只是简单区分，也分成三类。接着，这里面甚至还会出现细微的不同。换句话说，实际上有多少名学生，就会描绘出多少个战略模式。

三十人以上组成的班级要去面对这件事实，想必并不容易。

厚厚的指南手册有多少页数，我们就有多少自由。同时，它也显示出班级要团结一致有多么困难。茶柱老师始终都以冷淡的目光从稍远处看着男女生的对立。她也无须评价学生，反正 D 班全是瑕疵品，是个只会往下沉沦的群体。她心里应该是这么想的吧。

"堀北，你怎么想？"

"对我来说，我也如幸村同学所说的那样，即使是一点点数我也想尽可能地多保留下来呢。可是，我没自信可以在无完善设备的状态下度过一周。这是我最诚实的意见。虽然想试着挑战，但也不知道能撑到何时……你呢？"

"大致上与你意见相同，这一切都太难预测了。"

"欸，你们看。A 班跟 B 班该不会已经谈妥了吧？"

我们因为女生焦急的发言而同时回过头去。

尽管没过几分钟，却已经可以看见他们的班级各自集结了几名学生往森林里走去。

他们很可能是为了寻找据点或者最适合的营地吧。

象征着优劣一般，我们 D 班与 C 班看起来都还欠缺团结。

我们甚至连好好开始都办不到。

"啊……可恶，现在可不是从容讨论厕所话题的时候！为了守住点数，我打算什么都做。我要去寻找营地跟据点。然后，幸村，你别让筱原她们擅自使用点数哦。"

"知道了，我也是这么打算的。"

虽然池和幸村两人平时不能说是要好，但是他们似乎有着相同的目的，因而开始互相合作。

"等一下，池同学。连计划都没有就进森林可是很危险的哦。"

"在这里烦恼就会解决一切吗？不会吧？"

想去的心情与想制止的心情互相碰撞。

然而，平田并没有足以阻止池他们行动的理由。

"我要是发现可以利用的地点或据点，马上就会回来。之后大家移动到那边再商量不就行了。事情很简单吧？"

须藤跟山内也打算去寻找据点，他们集合至焦躁的池身旁。

"绫小路你也要去吗？"

须藤与我对上视线，向我搭话。我轻轻摇头，表示拒绝。

"我希望你们三个人绝对不要单独行动，要是迷路就糟了。"

平田无法阻止他们满溢出来的气势，似乎领悟到再这样下去也是徒然。

"我知道啦。那我们去搜寻各种情报吧！"

话说回来，没有遮阳物的话实在很热。

要是长时间在这种地方讨论会被太阳晒干。

"至少在这里建立据点感觉好像不太可能呢……"

也有同学因为炎热而开始发出哀号声。平田好像也理解了把海边设为据点有多么困难。假如这只是纯粹的露营，那么设置遮阳伞也好，天幕帐也好，或者在海边游泳嬉戏，等等，保护身体不被太阳晒伤的办法多得是。然而，现在的状况却连这都很困难。

"我们先去阴影处吧，边走边说。"

平田为了搬运帐篷而率先开始准备，男生们也开始帮忙。

"话说回来……须藤同学好好清理那个厕所了吗？"

一名女生看起来有点不安地指着厕所。

我记得须藤上完厕所出来的时候双手空空，所以那里面是……

阳光曝晒，而厕所就这样被放着。帐篷里应该就像是个蒸气浴室吧。

2

当我们离开海边，巨大的森林逼近眼前时，一名男生很害怕似的仰望森林。

"进这种森林没问题吗……感觉很容易迷路……完全看不见深处。"

正因如此，校方才会将点名编入规则里，并在手表上备有紧急按钮。

要是彼此不好好携手合作，点数用起来恐怕会如流水一般。

"轻井泽同学，平田同学果然很厉害呢。他连讨厌的事情也全都扛了下来。"

"哼，当然喽。其他男生真是没出息，他们把事情全都交给平田同学负责了呢。"

走在前方的轻井泽团体用敬仰的眼神凝视着奋力搬运帐篷的平田。

顺带一提，我也在帮忙拿行李。现在我在搬运的是将简易厕所折叠起来的纸箱。我觉得这种时候要是不帮一点忙，之后就会有更多的工作降临，于是我就先营造出一种"我在帮忙"的氛围。

另一方面，在女生中也自愿孤立自己的堀北，默默、安静地走在团体后方。她规规矩矩地走路，但不时地会停下脚步，然后又马上恢复行走速度。

我稍微放慢脚步，并排走在堀北身旁。

"你觉得很没兴致吗？"

"老实说我觉得很郁闷呢。我不适合在岛上过原始生活。最重要的一点就是我不能一个人待着。"

哎，因为考验合作等能力的团体行动与堀北扯不上边呢。虽然我认为想要改善的话，只要努力融入同学之间就好了，但就算讲了也没用，于是我便作罢。

"你对我说过的话，或许真的成为现实了呢。"

堀北如此说完，露出不愉快的表情。

"就是校方说不定还会考验学力之外能力的这件事。被我断言是绊脚石的池同学与须藤同学，率先为大家出去搜寻地点。即使行动本身不知是否正确，但这是我办不到的事情。迅速展开行动的他们，说不定会为我们找到某些能成为好素材的东西。"

"或许吧。话说回来你没事吧？"

"你是指？"

堀北用像在瞪人的眼神看过来，于是我回答"没事"，并躲开她的视线。

我在和堀北说话时，感受到身后有些许视线。

我回过头，就看见走在最后面的佐仓正在偷偷摸摸地看着我们这边。

她一察觉我回头，便急忙撇开视线。

"怎么了？"

"不，没什么。"

我想应该是我多心，于是就重新面向前方。

"其他班会怎么做呢？我有点在意他们的动向呢。假如 A 班或 B 班打算彻底限制点数使用的话，我方也不得不做好准备。我们可不能在这种考试中被拉大差距呢。"

堀北在这点上面有着非比寻常的决心。她望向前方的表情看起来相当认真。

我们班在生活态度上与其他班有着很大的差距，而在学力考试上也一直被拉距离。要以 A 班为目标，那唯一可以对抗现状的这场考试，是个绝对不能失败的比赛吧。

"要以好班为目标还真辛苦……"

"当时我还以为茶柱老师说的话是开玩笑。你真的没兴趣晋升好班吗？"

她是在说茶柱老师让我跟她在辅导室碰面时的事情吗？

"这不是什么值得感到不可思议的事情吧。池他们也没有把A班当作目标。我只要每个月零用钱够用，要是运气好能去A班也不错。"

我也不知道平田或轻井泽他们的想法。

"我以为进入这所学校的人，都是为了活用其特殊权利才入学的。"

她如此嘟哝道。与其说是看起来很不满，不如说更像是觉得难以想象。毕竟在我们入学时，认为升学、就业都会受到保障。许多学生对此抱有期待应该也是事实。

"你是为了什么而选择这所学校的？"

"你也能够对自己说出相同的话吗？坦荡地说出自己入学是为了活用学校的特权。"

"原来如此呢。"

这回堀北露骨地表现出不满，喃喃说道，接着锐利地斜眼往上看着我。

堀北是为了跟哥哥进入同一所学校才入学——我是如此认为并理解的。

而且她要升上A班也并非为了自己，而是为了获得哥哥的认可。换句话说，这与学校原本的目的并不相同。

"被他人擅自探查过去真不是件让人舒服的事呢。"

我本以为她是迂回地在叮嘱这点，但马上就察觉到了她的本意。

这家伙打算把我的过去，或说我这个人给彻底分析及剖析，并且试图理解。

这对我来说不是件可喜的事，我得趁早想点办法。

"我先跟你声明一下，擅自走漏消息的可是茶柱老师。唯有这点，能不能请你别误会呢？再说，我也还没有认可你的实力，你别忘了。"

"没问题，因为我并没有打算要让你认可我。"

不久，平田他们一行人停下脚步。

"在这里的话可以遮蔽阳光，而且好像也不用担心有谁会在周围偷听我们的对话内容呢。"

平田他们在稍微进入森林之处停下，接着继续展开讨论。

部分男生像是团结起来似的聚集在一块，并开始抛出应该是在行走途中想到的意见。

"不只是池他们，我们应该也要采取行动吧？要是主要据点被其他班级占领，就必然会扩大点数差距，对吧？"

"嗯，是呀。我们得马上采取行动。可是放着现有问题不管，并不是很好呢。还是要先从解决厕所问题开始呢。"

"这是件只要用学校分配下来的厕所应对便能解决

的问题吧。"

幸村说完，便怒视着同班同学——特别是女生团体。

"我在行走期间想过了。我认为我们应该先设置一间厕所。"

平田用稍微强硬的语气对幸村他们如此说道。从这句话的语气之强硬，可以看得出来他与刚才为止的态度不同，而且不作退让。

"你不要随便决定，而且我也收到了池的反对意见。"

"设置厕所应该是最低限度的必要开销。说起来，三十人以上的班级里，就只有一间用不习惯的厕所，真的能毫无纠纷的轮流使用完毕吗？"

"这……只要使用顺利……"

"简单来说这并不实际。我们必须考虑到最坏的情况。即使一个人使用三分钟，全班结束时也会耗费九十分钟以上。这样真的办得到吗？"

"这是无意义的假设。全班同时使用厕所的情况本来就非常罕见吧？校方也是因为判断这么做很实际，才只分配一个。这不就代表着要我们好好轮流使用吗？"

"我不这么认为。一个简易厕所本来就很勉强。从这点来推测的话，这应该是为了提示我们不应该做无谓的忍耐。在某种程度上使用点数，效率反而会比较高，不是吗？幸村同学你应该能够明白其他班也很可能会想到同样的事情，并设置临时厕所。"

　　我认为这场考试的胜负分歧点，的确在于如何运用点数。说起来配给品全都太不完善了。因为只有班上半数学生才能使用的帐篷，或者少量的手电筒，等等，都让我觉得校方是在暗示"你们要在该使用之处使用点数"以及"你们应该使用点数"。

　　"这全都是你的猜测……而且假如其他班设置了临时厕所，那么只要我们忍耐的话，就会拉开那二十点的差距。正因如此，我们才不应该使用。"

　　"是呀。不过我觉得在厕所一事上忍耐，可以拉开差距的可能性非常小。这将累积多余的压力，还会燃起不安的情绪。而且卫生层面也令人担忧。因此，客观来说，我认为我们最少也应该准备一个以上的厕所。"

　　因为隔了一段时间冷静了下来，平田得出了有理有据的结论。

　　他确信这不会招来男生反驳，并会在最后获得他们的同意。

　　"而且女孩子们也能够放下心来迎接这场考试。"

　　幸村也无法立刻否定眼前这些没什么破绽的发言。

　　虽然能理解他想节省点数的心情，可是以一个简易厕所来维持生活，是极为困难的事。不久，受不了周围视线及沉默的幸村便让步了。

　　"我知道了。如果是这样，那要设厕所就设吧。"

　　与池同样身为反对派的幸村让步，设置厕所的许可终于因此下达。

　　筱原她们不用说，轻井泽她们跟堀北看起来都稍微放下了心。

　　"老师，如果想要设置厕所，设置地点会受限制吗？"

　　"只要地形上没有困难，在哪里设置都是可行的。设置之后也可以再次移动，但那样的话将会耗费一定的时间。它的重量有一百公斤以上，有点费事。"

　　"呼"，平田因解决一项问题而放下心来，吐了口气。

　　"接下来……刚才也有人提出这项意见，我认为为了决定营地，我们也应该展开搜索。因为在何处安定下来也将大大地影响点数的消耗呢。"

　　平田如此答道，与其说是焦急，不如说也是为了防止同学反对。

　　他接着马上开始招募志愿者，但仅有两名男生自愿参加，就如我所想的召集不到太多人。

　　应该不会有这么多人愿意踏入这种原始森林吧。这也无可奈何。

　　"在我们之中……有没有精通野外求生的人呢？"

　　平田怀抱一丝希望地问道。

　　如果这是什么老套漫画的话，这时感觉就会有个能够依赖的人。

　　我回头确认同学们的状况，但谁都没有表现出要站出来的模样。

这时，至今都维持沉默的博士忽然举起手来。

"在下自幼便被父亲灌输野外求生的技术，并且被锻炼到即使在丛林之中也能够独自生存……其实在下只是很憧憬有这种设定的主角。"

瞬间受到严厉责备的博士虽然急忙道歉，但还是遭到了众人的厌恶。

"如果不嫌弃的话，我可以去哟！"

为了打破谁也不愿参加的窘境而自愿参加的人是栉田。拒绝参加的男生们看见她这副模样，眼神便随之改变。

"我也要参加！"原本不情愿参加的男生见状纷纷举起手来。其中有因为对栉田怀有好感而举手的学生，应该也有对于让女孩子率先出面而感到羞耻的学生吧。

我等了一会儿才把手举起来，平田几乎与此同时也开始数起人数来。

"十一个人吗？要是能再多一个人参加，感觉就能分成四组了。"

"你要不要也一起去？"

"我就不用了。但你居然会积极主动参加，这还真是稀奇呢。"

"因为要是我不担下某些职责，在班上就会显得很突兀呢。"

此时……有只显得很拘谨的手举了起来。

"谢谢你，佐仓同学。这样就有十二个人了。我们分成四组三人的队伍出发吧。现在快一点三十分了，不论有没有成果，我都希望你们在三点前回来一趟。"

接着我们开始自由组队。就算在这里，我转眼间也成了剩下来的人。

"请……请多指教哟，绫小路同学。"

同样剩下来的，是没被任何人邀请的佐仓，以及……

"这太阳真令人感到清爽。我的身体需要能量呢！"

高圆寺六助。没想到这个男人会报名参加探索队伍。

我的队员很幸运的是自由之人与乖巧的女孩子。那我就可以毫无阻碍地采取行动了。

3

我们越深入森林，绿意就越浓。

能避免阳光直射这点虽然比海边好，但潮湿炎热的空气让人痛苦。我抓住围着脖子根部的圆领领口前后扇着风……这只是杯水车薪啊。

要是想着"好热好热"就会觉得更热。我就跟谁讲点话，来排解烦闷的心情吧。

"高圆寺……"

"啊，好美。悠然伫足于大自然之中的我，实在是太美丽了！"

不行……这家伙不会好好地跟我进行对话。我能够攀谈的实际上只有一个人。

"你真厉害呢。"

"咦!"

走在后方的佐仓身体吓得抖了一下，她没想到自己会被我搭话。

"平田说想再要一个人，你就举起了手对吧？这不是件容易的事呢。"

"怎么会，我才不厉害，真的完全不厉害……我现在也还在想为什么事情会变成这样，自己都有点混乱。"

与其说佐仓性格乖巧，倒不如说她是个害怕与人说话、畏首畏尾的学生。

她说不定对团体行动的旅行的态度非常消极。

佐仓似乎觉得离很远说话不礼貌，于是便拘谨地与我并排行走。

我们从海边往森林方向，换句话说，是往岛屿深处前进。我们的体力也在急遽消耗。

这不单只是因为脚下不平稳，路途好像也有点斜坡。

"那为什么你要举手参加这麻烦的森林探索啊？"

"这是因为……处在人群之中的话，我会觉得很不自在……"

"我也不是不懂这种心情，但也不会因为人数少所以就特别轻松吧。"

会有像现在这种必须和人说话的情况，也会有觉得尴尬的时候。

"因为绫小路同学你……你……也举起了手……"

佐仓接着便吃惊似的抬起头，慌张比手画脚接着大声说道："不……不是这样的！因为我没有能交谈的对象，所以……所以……"

佐仓就这么想否定吗？她碎步跑至前方对我表示否定。

"啊，喂！危险！"

"呀！"

佐仓倒退走路，没察觉到大树的树根，因此绊到脚，往后倒了过去。我虽然急忙伸出手，但没来得及，于是她摔了跤。

"没事吧？"

"唔唔，痛……"

幸好似乎是手跟屁股先着地，所以没酿成大祸。

"在森林里随便走路，可是会受伤的哦。来，抓着。"

"谢……谢谢。"

佐仓对我像是感到很抱歉似的伸出手，但她察觉到自己的手是脏的，就稍微缩回了手。我不介意，于是抓住她的手，温柔地拉起了她。

"对……对不起呀。"

"这不是需要道歉的事情。"

我顺便拍了拍佐仓手上沾到的尘土。

话说回来，我还是人生第一次踏入这种像样的森林呢。

刚开始我还以为只要记好方向应该就没问题，然而这份预想是错的。首先，我们本来就无法笔直前进。因为我们无法越过自然的障碍物，前进路线无论如何都会被左右强制改变。

这种状态要是持续几分钟，感觉好像就连自己正朝向何方都会忘记。我得小心别看丢在最前方不断前进的高圆寺。

但佐仓却不往前走，并呆呆地盯着自己的右手手掌。

"佐仓，稍微加快脚步吧。"

"咦！啊，好……好的！"

佐仓听到我的呼唤，便急忙跑起来。看来她似乎又会跌倒了呢……

"啊，高圆寺同学走得好快。"

高圆寺一点也没考虑到女孩子的步伐，不断地进入森林深处。

我对他那不把不熟悉的道路放在眼里的强韧腿腰及体力真心感到佩服，但……

"话说回来，那家伙该不会……"

"怎么了？"

"没什么。"

这究竟怎么回事？是偶然吗？不，高圆寺的脚步完全没有迷惘。

既然这是为了挑选适当营地所组的队伍，一般人是不会这样心无旁骛地向前走的。高圆寺就像是有其他目的似的直线前进。

最令我惊讶的就是这条前进路径。

说不定高圆寺并非只是胡乱往前走。

高圆寺毫不迷惘地走着"我心中理想的路径"。

不过，问题是佐仓为了跟上高圆寺的脚步而拼命赶路，已经开始气喘吁吁。

"高圆寺，前进速度太快应该不太好吧？我们会迷路哦。"

我因顾虑佐仓而向高圆寺搭话。但高圆寺却就这样背对着我，然后把头发往上拨。

"我是个完美的人，我可没愚蠢到会在这种程度的森林里迷路呢。假如有困扰的事情，那应该也是你们跟丢我的时候。届时你们就放弃吧。"

真不愧是个断言对自己以外的事物都不感兴趣的男人。他好像一点也不在乎我们这边的情况。

"对了，我想询问身为平凡人的你们。你们不觉得这实在是很美丽吗？"

他露出雪白的牙齿，摆出无畏的笑容如此向我们问道。

"嗯……如果是指神秘的自然森林的话，我认为很美丽。"

我姑且试着把想到的照实表达出来。不过高圆寺好像不是在期待这种回答，而是失望似的叹了口气。

"你在说什么啊？我问的不是这种事。我是指拥有完美肉体的我在这地方美丽闪耀着的这件事情。你不懂吗？"

也就是说，他要我称赞自称拥有完美肉体的他吗？原来如此，我不懂。

"他应该是因为天气炎热，所以脑袋才会变得不正常吧……别在意比较好，佐仓。"

"好……好的。我从一开始就知道高圆寺同学很奇怪，所以没事哟。"

虽然这是事实，但这女孩还真是出乎意料地说出了很严厉的话。

高圆寺好像再次真切感受到自己的美而满足，便迈出停下的脚步。他应该是没把我们提出的建议跟希望放在心上吧。

"不必担心。如果是这座森林，就算稍微发生点事情也 no problem①。"

"高圆寺，这是什么意思？"

"这里称不上是自然的森林。至少白天会迷路的概

---

① 话中夹杂着英文是此人的说话方式。

率极低。正因如此，我也有点感兴趣呢。"

高圆寺留下别有深意的话语，对我们失去了兴趣，用比刚才还快的脚程迈步走出。这不是佐仓能够跟上的脚步。

"喂！"

"我……我没有关系的。我会努力跟上！"

佐仓一面流着汗，一面使劲摆出胜利姿势给我看。

虽然我理解她的心情，但这样反而只会更危险。

或许做好与高圆寺走散的最坏打算会比较好。

然而，佐仓比我想象中还要更努力地跟上了高圆寺的脚步。

她那副不时地就快要跌倒的模样看起来很危险，不过，她应该是用了她自己的方式下定决心要努力吧。

高圆寺毫不在乎这令人感动催泪的努力，不停地向前走。

我以为在出森林之前他都不会停下，但他却忽然在我们眼前止住脚步。

接着回头过来面向我们，一面将头发往上拨，一面无畏地笑着。

"我有问题想询问身为平凡人的你们，可以吗？"

高圆寺在我们回答之前就继续说了下去，

"能否告诉我，你们怎么看待这个地方？"

"咦？什……什么意思呀？绫小路同学？"

　　因为高圆寺的锐利眼神而迅速躲到我身后的佐仓向我问道。

　　怎么看待这个地方？我试着环视周围。而佐仓看见我这模样，也同样开始东张西望地看着四周。然而并没有发现什么异样之处。这就只是普通的森林而已。

　　特地向我们确认的事情究竟为何？

　　"Good。我知道了。你们不用在意，平凡人果然就是平凡人呢。"

　　高圆寺认为我们答不出他所期望的答案，便再次开始在森林中快步行走。

　　"这里……有什么奇怪的地方吗？"

　　"不……"

　　要是认真对待高圆寺的发言那就没完没了了。他是个尽说狂言的男人。

　　不过，我也无法否定这个地方可能会有我们看不见的某些东西。但无论如何，我们都没时间慢慢搜寻了。因为高圆寺又将再次启程。

　　"佐仓，你有没有带手帕？"

　　"啊，嗯。"

　　真不愧是女孩子，看来她在这类准备上做得很周全。

　　"如果可以的话，你能借给我吗？不过会稍微弄脏一点。"

　　"这完全没问题……"

佐仓完全没有表现出不情愿的模样，她说完就把手帕递给了我。

我心怀感激地接过手帕，然后把它绑在旁边感觉不会轻易折断的树枝上。

事先这么做的话，之后要再返回这个地方时也能够作为记号。

"啊，我们要跟丢高圆寺同学了……我们快走吧，绫小路同学。"

佐仓虽然很慌张，但她似乎因为疲劳累积，所以双脚不听使唤，感觉又快要跌倒了。

佐仓的体力果然已经接近极限。就算她勉强自己，也无法跟上吧。

"抱歉，我觉得跟上他有点吃力，想走慢一点。你不介意吧？"

我说完就放慢了走路速度。这样的话，名义上就不是佐仓的错。虽然也许会被看穿，但也没什么关系。因为并不会有什么方法能够确认真相。不知高圆寺有没有听见我所说的话，不久我们便看不见他的踪影了。只有前方不时地传来拨开草丛及踩踏大地的声音。

"那个人还真是拥有丰富的才能呢。"

他的头脑清晰、运动神经超群。就连大自然这种对手，他也不惧怕地完美适应。

假如他有平田那样的个性，应该就是个完美的超人了吧。

"……"

我很在意佐仓的视线，她从刚才到现在都沉默地观察着我。

但佐仓到最后什么也没对我说。我们两个人一起走着，并搜索着森林。

"要是能确保水源的话，将会大有帮助呢。或者找到能够遮风避雨的地方。"

因为气氛很尴尬，所以我试着向她搭话。如果可以占据那种地理位置得天独厚的据点，后续发展应该就会变得非常轻松。

"是……是呀。而且帐篷只有两顶应该也不够……可是，我们什么都找不到呢。"

无论再怎么走、再怎么环顾四周，我们也找不到任何像是人造物的东西。

哎，虽然说是到处走，但我们也只确认了连岛屿百分之一面积都不到的范围。

据点应该不是靠这种小规模搜索就能被我们轻易发现的。

后来我们在无路之径上步行了几分钟，不久走到一个空旷的地方。

"这里……是道路吗？"

"好像是。"

无人岛的森林中，出现了感觉像是人工开辟的道路。虽然并非铺好的道路，但这里却有砍倒大树、修整、并将土踏平过后的痕迹。假如这是校方制作的道路，那么前方说不定就会有据点。

我和佐仓迈步而出，走在这条开辟出来的道路上。

"唔哇……好壮观！"

不久我们所抵达的地方，是在山的一部分开了个大洞所形成的洞窟入口。那里乍看之下很像是天然洞窟，不过仔细一看的话，洞窟里的样子看来被改造过。说不定洞窟本身也是出自人工之手。

"难道说……那个是据点吗？"

"这个嘛，很难说呢。"

自古以来，洞窟就作为人类居住处而发挥着优异的功能。如果这里是被指定为据点的场所，那么某处应该就会有标记这点的证据。

当我们为了确认而打算靠近洞窟时，就看见一名男子从洞窟里走了出来。我立刻抓住佐仓的手臂，把她拉到阴影处躲起来。虽然很对不起佐仓，但现在还不清楚情势，我不希望别人看见我们的踪影。那个男人在入口处停下来，一动也不动地面向西南方静静站着。就这样维持了约一两分钟。

他们不拖泥带水，迅速地占领了据点。感觉像是毫不犹豫笔直地来到这个洞窟。

　　然而比起这件事，更大的问题是……那名男子手上握着像是卡片一般的物品。

　　不久，我们便听见从洞窟内传来呼唤男子的声音。我急忙将脸往后缩。

　　"只要有这种大小的洞窟，那两顶帐篷就足够了呢，葛城同学。话说回来我们的运气真好，居然这么快就能占领据点。"

　　我竖起耳朵，试着从能听见的细微声音之中掌握状况。

　　"运气？你至今为止都在看些什么？这里有洞窟的事，我在登陆前就已经有了头绪。也就是说会找到也是必然。还有，注意你的言行。因为不知道会不会有谁在偷听。我有身为领导者的监督责任。你要注意别犯下任何一点失误。"

　　"抱……抱歉。不过，你说从登陆前就有头绪，是什么意思呢？"

　　"船只抵达码头之前，不知为何就像是在绕远路似的绕了岛屿外围一圈。那应该是校方为了给学生提示而采取的行动吧。因为从船只甲板上能够看见开辟森林的道路。剩下的只要朝登陆码头至道路的最短路径前进就可以了。"

　　"但……但是，那不是为了观光吗？也有可能是为了要让学生享受景色所做的考虑吧？"

"如果是观光绕行的话，转弯速度也太快了。再说，广播内容也很奇怪。"

"我……完全没有察觉到呢……原来葛城同学你是看穿了学校的意图，才知道这里有个洞窟呢……真不愧是葛城同学！"

"我们要去下一个地点了，弥彦。既然据点已经被我们占领，便无需久留。从船上看得见的道路大约还有两处。那些道路前方，应该也会有其他设施。"

"好……好的！不过只要留下成果，这样'坂柳'也只能闭上嘴了呢。"

"尽是把目光放在班级内部，可是会被敌人见缝插针的哦。"

"话虽如此，但需要防备也就只有B班吧？D班不就是一群瑕疵品吗？考虑到点数差距，让人觉得似乎无视他们也行。"

在船上也曾有过类似的话题。在A班来看，D班根本不值得放在眼里。我们仿佛被他们视为掉落在路边的小石子。

"闲聊就到此为止。我们要走了，弥彦。"

等到听不见这两个人的声音及脚步声之后，我为了保险起见，又再等了两分钟左右。

"他们走掉了吧……"

我探出头确认情况。现在已经看不见刚才那两个人了。

我松了口气之后，发现手边传来一丝暖意。

我刚才急忙把佐仓拉过来之后，就这样把她给压制住了。

"抱歉，佐仓……佐仓？"

"呀！"

佐仓不知为何几乎失去意识，非常虚弱。

"你……你没事吧？"

"没没没……没事……事事……"

她的脸涨红到仿佛身体就快要冒出蒸气，并且瘫软地坐在原地。

说不定我用了比我想象中还更大的力气来压住她。

"我……我还以为自己要死掉了……心脏差点就要停止了。"

再怎么说这也太夸张了吧。佐仓边扶正歪掉的眼镜，边调整呼吸。

"从谈话内容来看，刚才的两人组似乎是 A 班的人。"

不过让人在意的是，他们放弃这个地方并且离开了。要是不叫谁来看守的话，据点也可能被其他班夺走。我等佐仓恢复完体力，便再次前往洞窟入口。那些家伙毫不犹豫离开了这个地方，也就代表着……

洞窟内部，装设了一个埋在墙壁里的屏幕终端设备。画面显示着"A班"，还有七小时五十五分钟后结束的倒计时。

换句话说，这就是证明拥有据点的东西吗？

直到倒计时归零为止，我们都无法占领，也不可能硬来使用这个地方。所以A班的两人才会放心离开此处。不，问题不仅是如此。只要不被其他班夺走占领权利并持续更新，那也就意味着A班每八小时都能持续获得一点。

虽然失去因病缺席的那三十点，但也能够抵销一半以上的扣分。

而且那个叫作葛城的男人，好像还知道岛上的其他几处设施。

假如是拥有食物或饮水之类的据点，似乎就更能拉开与其他班的差距。

"他刚才说他在登上岛屿之前，就已经事先记在脑中了呢……"

他利用记忆下来的岛屿地形来找出据点。这个想法真不错。不愧是隶属A班，他们的想法果然很不一样。

然而若是如此，却也有令我无法理解的地方。

"绫小路同学，难道说刚才的人……是领导者吗？"

对。这便是他犯下的致命失误。尽管他是为了占领洞窟，但A班为了获得占有权使用了钥匙卡。他身为领导者一事，就被我们偶然得知了。当然，他应该不觉得自己经被其他班的人给撞见了……明显很不谨慎。

以防万一，我往洞窟深处走了走，但看来果然没有人躲起来。

"怎怎……怎么办？我们知道了很重大的秘密！"

佐仓听见可以对 A 班造成巨大打击的消息，有点兴奋、焦急似的如此说道。

"之后我会去向平田报告。"

不擅长说话的佐仓是不会主动去报告的。于是我就先这么说，好让她放宽心。

4

当我们无功返回平田他们所在之处时，情况开始有所进展。

情绪相当高昂的三人组，好像正认真地跟平田他们说些什么事。

"是河流哦，河流！而且非常清澈！那里有个好像装置似的某个东西哦！那个是用来占领还是什么的机器！从这里出发用不上十分钟，我们大家赶紧出发吧！"

池他们率先外出探索，结果发现了据点。

而且他们为了防止据点被其他班级夺走，好像正看守着那里。

"这是个非常棒的成果呢！要是水源有保障，我们的情况说不定就会大大好转。"

　　以他们找来的那个据点为基础，营地看样子似乎是决定好了。

　　我认为当然还是要取决于地形或环境，但感觉这将成为我们前进的第一步。

　　"可是有两队还没有回来，要是没有谁留下来的话，应该会很伤脑筋呢。"

　　手表显示时间是三点多。没在预定时间回来，就表示他们很有可能迷失在这座森林的某处。

　　"抱歉，平田。高圆寺也没有回来。我们在途中走散了。"

　　"啊，高圆寺同学的话，他刚才已经自己回来，然后去海边游泳了哦。"

　　看来他没有迷路就走出了森林。真不愧是自由之人。

　　"什么走散，难道你没有好好统筹完再出发吗？"

　　大家在往河流移动时，堀北对我叹气并如此指责。

　　"那种人我可没办法驾驭……你应该能理解吧？"

　　这家伙绝对是故意在刺激我吧？我告诉堀北我们被高圆寺快速的脚步甩开，以及他很熟悉森林的事情。

　　"原来如此。除了性格之外，他还真是个拥有无可挑剔能力的人物呢。"

　　"就跟你一样。"

　　"你说什么？"

　　"没……没什么。"

包括我在内，这个班上存在太多性格有问题的学生。平田也很辛苦。

"什么了？"

堀北忽然转过头来，以锐利的眼神盯着佐仓。

"咦！"

"你刚才在看着我，对吧？"

"我我我……我没有在看你！"

佐仓急忙否定，迅速跑掉，与我们保持一段距离。

"你别吓她啦。但话说回来，堀北你本来就像鬼一样恐怖呢。"

"你可以别擅自吐嘈然后又擅自认同吗？"

"就是这里！这就是我们找到的据点！厉害吧！"

我们抵达池他们发现的据点。在洞窟内看见的机器是被埋在墙壁里，这条河流旁边则有块不自然的大石头，装置就被埋在这里。平田他们将帐篷等行李放在了河边。

"嗯。干净的水，加上能够遮蔽阳光的阴影处，以及整平过的地面。如果是这里的话，设为营地很理想呢。你真厉害，池同学。"

"嘿嘿嘿，是吧！"

河水静静地流淌。它是条宽度约十米的河流。河流四周围绕着深邃的森林以及碎石路，不过这个地方就像是被整平过一般相当宽敞。

　我不认为这是偶然形成的环境，应该是学校刻意创造出的空间吧。

　"要如何证明这条河流是我们的东西呢？"

　河流很宽，下游貌似绵延至远方。乍看之下除了我们站着的平地，四周高低差距好像都很悬殊。大致上就只有这个位置是好地方，可是感觉其他班当然也有强行使用的余地。而且，他们也有可能会不知不觉间利用这条河流。难道说，校方作为特权赋予我们的，纯粹就只有这块空间吗？

　我有点在意，于是走到河边，同时往森林方向前进。不知为何堀北也跟了过来。

　"校方好像也充分考虑到这种情况了呢。能利用河流的只有我们。"

　有一块木制看板插在能够利用到河流之处的路旁。

　上面写着——河流为指定据点，未经许可禁止使用。

　我们简单地四处看看，接着回到平田他们身边。

　"我们确定要把这里设为营地。不过问题则是要不要占领呢？"

　"当然要啊！难道还有不占领的选项吗？"

　"有呀。占领这里的好处，当然就是能够独占河流，以及因占领权而获得的点数收入。可是，为此我们每八个小时就需要更新一次占有权。只有被选为领导者的人才能操作。因此，假如领导者被人看见，那就糟了。我们不知道有谁会监视着我们。"

即使隔一条河，附近三百六十度都是森林，要是有人从茂密树林中监视，那我们根本无法察觉对方的存在。

"只要像这样遮着防守不就好了，像这样把领导者围起来。"

虽然存在风险是事实，不过池应该是正确的吧。假如要把这块地设作营地，那就必须去占领。万一被其他班学生占领的话，我们就会无法使用河流。不论男生还是女生都表现出赞成池的模样。虽然我认为平田原本也是这么打算，但他贯彻中立的立场，汇集了多数意见。

取得占有权，的确是一把双刃剑。就像A班占领洞窟那样，据点与营地的地点重叠，班级也可以集中起来保护装置。B班、C班同样也会这么做吧。换句话说，这也是个必须承担的风险。

"嗯，那么接下来最重要的就是选谁来当领导者。"

比起占不占领，让谁担任领导者才是关键。如果在这里失误，恐怕会造成致命伤。当所有人都想着逃离这一重大责任时，栉田叫大家集中起来围成一个圆，接着小声说道：

"我试着想了很多，如果是平田同学或者轻井泽同学的话，太引人注目了。假如要担任领导者，一定要有责任感，对吧？我认为满足这两个条件的人是堀北同学，你们觉得如何呢？"

堀北没料到栉田会推荐她，但她的表情看起来并无变化。总是以 A 班为目标展开行动的她，想必正在思考由谁担任领导者风险最小吧。堀北冷静地观察着周遭的反应。

"我赞成栉田同学的意见。我也认为堀北同学适合当领导者。接下来就看堀北同学了，假如你愿意的话，希望你可以担任领导者。"

大家的目光聚焦在她身上，她本人却没有任何反应。

"她这不是不愿意吗？别勉强她啦。我也可以代替她担任哦。"

须藤好像认为堀北不想接受，于是毛遂自荐。讽刺的是，这却成为诱因。堀北因此作出冷静的决断。

"我知道了。我愿意担任领导者。"

即使有点麻烦，可是比起让须藤或池当领导者，这样更能让人放心。平田得到堀北应允后，就立刻前往茶柱老师身边转达堀北的名字。不久，平田收下卡片后，就回来把它交给了堀北。当然，考虑到可能被人看见，我们全班都以很自然的动作接触装置，为了不让旁人知道谁是领导者而进行了掩饰。

"太好了，这么一来洗澡跟饮水问题就解决了呢！对吧！"

池的双眼闪闪发亮，呼吁大家节省点数。

"什么？喝河水，你的脑袋还正常吗？"

看来池打算把这条河活用于饮水及洗澡两者之上。另一方面，筱原她们女生似乎没有这种想法，而惊讶地瞥了河流一眼。

"这个嘛，拿来游泳应该不错……可是要拿来喝就……"

"什么嘛，这不是完全没问题吗？这水很干净吧？"

"是……是呀……确实看起来可以喝……"

筱原看着不断呼吁节约的池，便拉了拉平田的袖子。

"欸，平田同学……这真的没关系吗？喝河水可不寻常呢。"

又有几名女生聚集而来，一脸愁容地找平田商量。

女生们看见静静流动的河水之后，就摇头抗议。

"我实在不觉得这可以喝……"

池看见她们偷偷摸摸互相商量的模样，焦躁地开口说道："是吗？这河水非常清澈，就像矿泉水一样吧。"

虽然水质并不混浊，但不仅是女生，部分男生也不太感兴趣似的远远望着河流。

"你们怎么了啊？有什么不满意的啊？我们为什么不有效利用这难得发现的河流？"

"那你去试着喝看看啊。"

"什么？喝就喝呗……"

池被女生半强迫地催促，掬起河水喝了下去。

"呀！冰凉凉的真舒服！好喝！"

"唔哇，受不了。居然喝了那种东西，真恶心。"

"什么！不是你叫我喝的吗？筱原！"

"像你这种野蛮人，可是我最讨厌的类型呢。"

"你说什么！"

他们两个又开始互瞪，噼里啪啦地迸出火花。

"虽然听说越吵感情会越好，但这适用于那两个人吗？"

"这……好像并不适用呢。"

继厕所之后的下一个问题，便是饮水。看来并不是只要找到河流，就能解决所有事情。

"总之水的问题之后再想吧。吵架也只会让人觉得难过呢。"

平田想缓和现状，对大家如此说道。

虽然拖延也有许多问题，不过假如这是平田的意思，没什么人会特地反驳吧。然而却有个意想不到的男生对此话题喊停。

"筱原，你不要抱怨啦。这是一场需要全班同学互相合作的考试吧？"

他是班上的头号问题学生——须藤。他用不同于往常的语气来告诫筱原。

"等等……笑死人了。全班同学互相合作？这种话轮得到须藤同学你来说?"

筱原笑到肚子痛,须藤被她以这种鄙视的态度对待也不无道理。因为须藤从入学开始就屡屡引起问题,给班级添了很多麻烦。在不同层面上,他和堀北都处于"与他人合作无缘"的立场。

须藤自己最清楚这点,即使如此,他也没有改变态度,继续说下去:"我知道自己给班上添了许多麻烦啦。正因如此,我才会这么说。要是在无聊的事情上引起别人反感,迟早会自食恶果。"

"这是什么话,反正须藤同学你也只是不想使用点数而已吧。"

"我没这个意思。宽治,你也冷静点啦。要是突然被叫去喝河水,一般来说谁都会觉得反感吧。就算是我也是这样。对了,我记得只要让水沸腾就可以杀菌,对吧?总之我们先试试看这么做,如何?"

"沸腾?这又不是在做化学实验。你不要因为突发奇想就随便发言。"

只要是筱原看不顺眼的对象,无论对方是谁,她都会反驳到底。即使面对须藤她也很强势。

面对这场更添火种的争执,平田再次为了让大家冷静而说道:"我们先解散吧。目前也还有时间,我们没必要急着决定。"

筱原似乎因为这些话而冷静了下来,因此不发一语地离去。过了不久，平田就和茶柱老师进行了租借临时厕所的申请。对筱原的言行，池无法完全平息愤怒，留在原地一直不甘心地紧咬嘴唇。

"可恶，筱原那家伙搞什么啊。其实就是不想好好努力而已吧。"

池很不满地捡起小石头，把它对着河流在打水漂一般丢了出去。

石头在水面弹了五六次，悠然地飞到对岸。就巧合来说，这石头的行进路线还真漂亮。即使有样学样地做，也不会那么顺利吧。

"难不成，你很擅长野外活动？"

"嗯？啊……不，也不是这样啦。因为我从小就经常跟家人一起露营，所以我对于直饮河水不会感到抗拒。而且水源是否干净卫生，我只要看一眼就知道。"

与其说是自豪，倒不如说，他就像是在说着理所当然的事情。

"这样的话，你一开始就自称有露营经验不是比较好吗？取得大家信赖的话进展得会更顺利。"

连说明都没有就自顾自地行动，就算有能力也无法让人认同。

"假如我参加过童子军，或许还能引以为傲。但只有露营经验的话也没什么好自豪的。话说回来，就算我讲了也没有用。"

　　看来他因为被女生们狠狠谴责而相当丧气。

　　从平时只想着要受女孩子欢迎的池眼里看来，对此怀有不满似乎也是理所当然。

　　如果能够稍微改变做法，情况真的就会有所不同。我隐约能看见池和平田合作带领班级的那种形式，正因如此我才觉得很可惜。

　　"不过……"池有些支支吾吾地补充道。

　　"这种露营生活，大家好像都是第一次。我以为不管是谁都会有点经验，或许我有点强人所难。"

　　这是池初次表现出后悔并察觉到自己过错的瞬间。

　　"抱歉，我现在好像还无法好好整理思绪。我去河里游一下。"

　　他说完就站起来背对着我离去。暂且就先让他冷静下吧。

　　"绫小路同学，你能追上他吗？"

　　"什么？为什么？"

　　一旁的堀北等看不见池的身影之后对我说道：

　　"他的知识有派上用场的可能性。换句话说，他或许会是 D 班必不可少的存在。除了野外知识，他在某种程度上也知道森林里的走路方式。既然无法利用高圆寺同学的知识，那就有必要想点办法让他带领班级呢。"

　　"你怎么不自己去说服他？"

　　她没料到我会这么说，惊讶地说道：

"由我？去说服他？你认为我办得到？"

你就算用这张跩脸来宣扬自己办不到，我也很困扰……就算这是事实。

这家伙处理起人际关系来真的只有普通人之下的能力。

"我就是因为清楚自己办不到才会拜托你呢。靠你了。"

"说得也是。因为你能拜托的人也只有我。"

"平时很少被人依靠的绫小路同学，想必心里很高兴吧。"

能高傲地双手抱胸，威风凛凛地拜托他人，就是这家伙的厉害之处。

"我知道了，我会婉转地传达给他。不过时机就由我来判断。"

"好。现在过去搭话确实不一定是最佳时机。"

堀北见我已答应，便没特别再说什么，走开了。

这一个星期，堀北应该会深刻感受到独自一人的不易之处吧。

这家伙认为自己是个优秀的人，可是这件事始终仅限于个人的情况。

如果是那种只看个人自己成绩的情况，那她应该就不会依赖任何人并且默默地奔向好班吧。然而这次考试就是个好例子，说明了会有自己一人无能为力的情况。

堀北很可能现在才深切体会到自己的无力吧。

要不是这样，照理说她不会在刚开始的阶段就来拜托我。

如果没朋友的话就不会有任何人靠近，也无法找人攀谈。假如无法沟通，也没办法互相合作以及受人信赖。

也就是说，在校内看起来很完美的才女，在这种状况下还不如一般学生。

"校方应该也算计到这点了吧。"

当然，这就是堀北铃音这名少女的极限，也能看出其实她并没有那么出色。我们无法摆脱这所学校制定的规则。

5

两顶搭好的帐篷并列在稍远处。

筱原她们女生在讨论中取胜，两顶帐篷都被女生占领了。

换句话说，男生现在完全处在被迫露宿野外的状态。

大部分同学活到现在应该都没露宿野外过吧。

幸好现在是夏天，所以我想并不会感冒，但这无疑将会很辛苦。

不时前来伺机叮咬手脚的蚊子将会很烦人，而且入夜的话视线也会变差。

脚边的草丛中也有不明的昆虫们又跳又飞的，实在让人害怕。

身为都市小孩的我对此相当抗拒。要我在土床上度过一整周真的是很勉强。

不过，包括池在内，极力反对花费点数者的行动力就不一样了。几名男生打算用拔的草拿来代替床垫，或是进行着能否砍树等等的讨论。想办法倒是很好，但我只希望他们不要太乱来。

平田搭建完女生的帐篷，额头边流着汗，边走了过来。

"绫小路同学。如果可以的话，你能不能听听我的请求？"

平田以低姿态抱歉似的模样来向我攀谈。

"只靠手电筒来迎接夜晚也很可怕，要不要花费点数是另一回事，但我认为有必要确保光源。虽然我也没办法强迫你就是了。"

的确如此，我也想避免夜晚没有半点光线，而且这样去上厕所似乎也会耗费一番工夫。我询问自己该做什么，平田稍做思考后如此回答：

"我希望你能在附近捡些能用来生营火的树枝。"

他难得在众多男生之中拜托了我，我就答应他吧。

"那我会酌量捡一些回来。"

"谢谢你。啊，但是一个人很危险，所以你再邀请个人一起去会比较好呢。"

我认为这点没错并打算寻找搭档，结果发现堀北驻足在原地，一动也不动地仰望天空。她发现自己正被我看着，于是面向我这边。

"你平常都很不合作，但面对他的请求，却似乎相当好说话呢。"

"我也才刚答应你的委托了吧？再说我在各方面都受到了平田的帮助呢。也不是什么了不起的工作，只是捡树枝而已。"

部分学生自发性地展开行动，为了班级而劳动着。

这种时候能否付出行动，自己在班上的阶级地位也会有所改变。

"他身为班级核心人物，居然也只能拜托你，还真可悲呢。"

"无论好坏，D班都是靠平田跟轻井泽而成立的呢。虽然除此之外拥有统率威信能力的人……并不是没有，但是却不适任呢。"

要是我旁边的堀北拿出真本事，她很可能会有足以团结班级的力量与能耐。然而，她在度量及器量上却致命性地不足。

可能产生影响力的人是栉田，可惜她没有余力承受各方的压力。她四处为纠纷打圆场，就已经竭尽全力。栉田现在应该也正在某处奋斗着。

"你要不要当平田的助手啊？与其说是为了班级不如说是为了自己。"

"你要我去当他的助手？别开玩笑。若是这样，那我还不如去跟獴类动物玩杂耍呢。"

"跟獴类动物玩杂耍……"

再怎么说这对平田也实在太没礼貌了吧。

"开玩笑的。他跟獴类动物有多不同是另一回事，但这次我没有任何事帮得上忙。假如有明确的敌人或者目标，那还有办法思考对策。最重要的是，究竟是不应该使用点数，还是应该使用一定的点数……我自己都还没得出答案。"

堀北说完这些话就静静离去，然后进入刚搭设好的帐篷里。

我还是先去寻找愿意跟我一起外出捡树枝的亲切搭档。

当我正寻找着剩下的男生时，便看见须藤横躺在河边仰望天空。他刚才帅气地掩护池，也许他成为了一个值得依赖的男人。

他一定会为了帮助正在烦恼的朋友而挺起很沉重的身子吧。

"欸，须藤，接下来我要去捡生火用的树枝，要不要一起去？"

"啊？什么啊，如果是麻烦的工作那就不了。"

　　我连他起身的模样都没看见就被拒绝了。我没找到其他邀请对象，于是便试着坚持了一下。

　　"说是麻烦，也只不过是在这附近绕绕并收集树枝。"

　　"这就是麻烦的工作啦。抱歉啊，我要去海边游泳。"

　　须藤一起身，就伸手拿起放在身旁的包包，前往了海边。

　　"哎……就知道会这样。"

　　我明知没希望，但还是决定邀请正在帐篷附近和女生们聊得忘我的山内。

　　"我接下来要去捡生火用的树枝，你能陪我去吗？"

　　"咦咦，感觉很麻烦诶……你看，我跟宽治他们一起找到了据点，对吧？我费了各种心力所以很累了啦。抱歉，我不去。让我休息下吧。"

　　"是吗……也是啊。"

　　既然他都这么说了，我也不能再继续说什么。这下可真伤脑筋。

　　这么一来，我能说话的对象就已经趋近于零了。而且堀北现在并不处于我可以去进行委托的"状态"，栉田和女生小组走开了。

　　"结果我还是要一个人去吗？"

　　山内跟女生们看起来开心似的谈笑着。他随口为我打气，都没有面向我这边。

当我下定决心要自己前往森林时，佐仓前来找我。

"我……我可以跟着一起去吗？"

看来她在附近听见了对话，知道情况是什么。

"咦？我是很感谢啦，不过你可以吗？你很累了吧？去休息也没关系哦。"

佐仓刚才跟我一起探索森林，应该相当疲累，我不能再勉强她。

"我没关系。留在这里，我也会觉得……有点不自在。"

她这么说完，就背对着班上的女生们走了过来。

从与我情况类似的佐仓看来，团体生活似乎只有痛苦。

"那走吧。"

高圆寺也不在，我只要配合佐仓的步伐就可以。

"喂！"

当我们两个正要走向森林，后方传来山内叫住我们的声音。

他立刻跑来我们身边。

"我还是来帮忙吧！"

山内刚拒绝不到两秒，不知为何好像改变了想法。

"咦……可以吗？"

"哎，你看，朋友有难时就是要伸出援手呀。是吧，佐仓？"

"啊……是……是的……"

佐仓看起来很害怕，躲到我身后点了点头。

她几乎没和山内说过话吧，要是佐仓能借此机会多个朋友就好了。

6

为了避免离营地太远，我们决定就在周围收集树枝。

我们三个在距离营地不太远的地方分散开来捡拾树枝。

"欸欸，绫小路，这件事我希望你可以替我保密。"

山内手里拿着一些树枝，一靠近我就把手绕过我的脖子，说起悄悄话来。

"我……我想追佐仓。"

"咦？"

"哎呀，小栉田的等级不是太高了吗？而且她的沟通能力也很强。所以这种时候我打算舍弃这个高难度目标。相比之下佐仓不太擅长与人交流吗？或者应该说……她完全不习惯与男人相处。老实说，我在想在这趟旅行中能追尽量追。我觉得那种类型的女孩子，只要我能扮演可以温柔照料她的男人，就会追到手了呢。可能的话，我想大约进展到接吻阶段。我是说真的。这种时候佐仓就 OK。不对，就是要佐仓才好！"

"这种时候？你至今跟佐仓都没半点交集吧？还真

是突然欸。"

"哎呀，这点呀，我可是在反省自己没眼光哦。因为她很朴素，所以我没有特别注意过，但是她超可爱，而且还是个偶像欸！"

山内把佐仓当成曾经是他的真命天女栉田的备胎。我不认为佐仓会对此感到高兴。

我就期待会发生让山内真心喜欢上佐仓的事件吧。

"所以你就替我加油嘛。比如现在开始让我跟佐仓两人独处。"

"这说不上是加油吧……"

"什么嘛，难不成你正在追佐仓吗？"

为何武断看待事物的家伙会这么多呢？佐仓和栉田不同，她就是不习惯与男人互动。如果他纯粹只是想当朋友就另当别论，我可不能让佐仓突然与作为异性来追求她的男人单独相处。

"你现在就放弃吧。要是你跟佐仓再要好一点，我就会协助你。我也想趁早回去先试一试能否生火。"

山内无力地垂下双肩，但立刻就恢复了心情。

"真是的，你还真顽固。算了，绫小路你有堀北，所以我也不必担心。"

我身边什么时候开始变得有堀北了？

"那你好好去收集树枝，我去那边捡了。"

他说完，就把自己收集的树枝塞给我。有好几根树枝从我手上掉出，啪搭啪搭地掉到地面上。但或许我对佐仓做了不太好的事呢，虽说是因为高圆寺独自走在前方，但她也有可能会对于跟我两人长时间待在一起而感到痛苦。而且她不是那种会把话说出口的人。

佐仓不知是否在防备我和山内，一直在沉默地收集树枝。

"这些应该就已经可以了吧？今天的分量应该足够了。"

就今天一天来说，我们收集到的分量的确非常充足。我们三个因为山内的这句话而收工开始返回营地。

"欸欸，佐仓，我帮你拿吧？女孩子的话会很费力吧？说不定会受伤。"

山内一开始就这么打算，手上的树枝大约只有我的一半。看来他打算扮演一个能温柔照料她的男人。

"没……没关系……绫小路同学拿着很多树枝，请你去帮助他吧。"

"唔！佐仓你真体贴！真是的，一个人拿这么多也太贪心了吧，绫小路。来，我帮你拿一半，给我吧。"

他这么说完，就抓回一开始塞给我的大约一半的分量。就算被佐仓拒绝也能够立刻恢复，迅速推销自己的温柔之双重准备作战。山内满足了，并得意洋洋地迈步而出。然而在归途中发生了一起事件。

我们在路上发现一名少女坐在地上靠着大树。她不是 D 班的学生。

她察觉我们的存在，就看了我们一眼，然后没兴趣似的撇开视线。

虽然其他班的学生不必理会，可是我们马上就发现少女的模样非同小可。这女孩的脸颊上有红肿的痕迹，一眼就知道是被人打的，而且还相当用力。当山内正要跑向少女时，我不由自主地抓住了他的肩膀。

"干吗？"

"啊，不……抱歉，没什么事。"

我刚才打算说出的话是多余的……我在最后一刻如此克制自己。

"欸，你怎么了啊？没事吧？"

山内无法放着受伤的女孩子不管，率先向她搭话。

"别管我，没什么。"

"没什么？看起来完全不是这么回事。你是被谁打的？要找老师吗？"

从肿胀程度推测，很容易就能看出是非常疼的。

"只是班级里起了纠纷。别在意。"

少女有点自嘲似的笑了笑，拒绝山内的提议。她的口气有种女汉子的感觉，可是明显很没精神。纠纷这件事我也有点在意。

"怎么办？我们也没办法……放着她不管呢。"

这里和学校用地无法相比，是个三百六十度被森林

环绕着的丛林。

再过一两个小时就要日落了，她很可能遭遇不测。

"我们是 D 班的学生。可以的话，你就来我们的营地吧。"

山内简单征求我跟佐仓的同意，我们于是顺着他的话点头表示同意。

"什么？你在说什么，这种事情怎么可能？"

"不知该说是有困难时要互相帮助，还是该说这是人之常情，对吧？"

少女好像没听进这种话，扭头陷入沉默。放着她不管无疑会比较轻松，但没有特别不得已的苦衷，女生是不会一个人待在这种地方的。

"我是 C 班的学生。换句话说也就是你们的敌人。这点你们知道吧？"

这是自己没道理获得我们帮助的意思。

"可是啊……也不能把你一个人扔在这种地方，是吧？"

我和佐仓都点头同意。即使如此少女也不打算起身。

我们是一个学校的学生，一般来说互相帮助是理所当然。但在特别考试上，这是否正确也是另一个问题——若以利害关系来进行判断的话。

"我们不会留下你一个女孩子就这样回去的。直到你动身为止，我们都会待在这边。"

　　山内做好要一直赖在这里的觉悟，那么我们也只好
配合待命。

　　然而，少女认为我们这么做是一时糊涂。她估计我
们会马上离开，因而没有理睬我们，就连看也不看我们
一眼。

　　"话说回来呀，森林里湿答答的，空气闷热还真讨
厌。佐仓你不热吗？"

　　"我……我没什么关系。"

　　虽然一直等待着很无聊，但在山内看来，这说不定
是他求之不得的事情。因为这也代表着直到少女认输前
他能和佐仓度过的时光将会一直持续下去。

　　山内也频频向佐仓及少女抛出问题，希望能度过一
段很有价值的时光。大约十分钟之后少女好像就屈服
了，无可奈何地站了起来。

　　"你们真的是笨蛋。真是滥好人。这种事在我们班
是无法想象的。"

　　"我们只是无法放着苦恼中的女孩子不管。"

　　山内装酷并竖起大拇指。佐仓对山内的好感度……
上升了吗？

　　但佐仓似乎并不怎么在意山内这令人感动的努力。
她正无目的地凝视着森林深处或者天空。从本来就不擅
长与人牵扯上关系的佐仓看来，这种难以预料的情况也
不是她所乐见的。她正在尽可能地不表示出关心并等待

时间经过吧。

"但这样好吗？把你们的营区地点告诉我也没关系吗？甚至还要为我带路。"

"咦？这有什么不妥的吗？"

山内好像不了解少女的言下之意，而向我们进行了确认。

"令人难以置信般的笨蛋实际上还真的存在呢。我真不敢相信。"

少女毫不犹豫就说出了那种即使心想也不会说出口的话语。山内也愣住了。只要知道营区地点，就可以发现其他班打算如何通过考试，或者发现其他班的应考方式以及对策。就D班来说的话，我们的据点位置就会让外人知晓。

若有隐忧因素就是指这个部分，我端正坐姿之后，答道：

"没关系，我想这没什么问题。"

"是吧？既然没问题，那么……我是山内春树，请多指教！"

"虽然你们应该是好人……但果然还是群笨蛋。"

少女虽然很吃惊，但也接受了山内的自我介绍。她连看也不看我们，便如此简洁答道。

"我叫……伊吹。"

这名少女尽可能压低声音说自己叫作伊吹，她因为伤口很痛，抚摸着自己红肿的脸颊。她在自我介绍的时候，也不肯和我们对上眼神。她可能不擅长看着别人的眼睛吧。

比起这个，我更在意的是……虽然量很少，不过伊吹的手指指甲缝隙中卡着泥土。刚才伊吹坐着的地方，也能看见土壤挖掘过的痕迹。

"最近的女孩子们之间会用那种互甩巴掌之类的方式来吵架啊？"

"别管我，这件事跟你们班没关系吧？"

即使她这么说，看见她那副相当疼痛的模样，我们也不能放着不管。

伊吹正在忍耐着痛楚，表情不时地会染上一层痛苦，而去抚摸脸颊。

山内看见伊吹觉得碍事似的重新背好肩上的背包，就像是突然想到什么，双眼发亮。

"欸，起码让我帮你拿背包吧，好吗？好吗？"

山内在佐仓面前，无论如何都想展现男子气概的一面。他把树枝塞给我之后就伸出了手，实在是很绅士。

"不用。喂，我说不用，住手啦。"

背包交给山内拿感觉也不错，可是伊吹似乎不信任我们，也可能是不想依赖我们，而强烈表示拒绝。背包因放开手的那股反弹力道而伴随着"咚"的这种闷钝声响撞上了树木。四周笼罩着尴尬气氛。山内慌忙道歉：

"抱……抱歉，我没有恶意，对不起啊。"

"我知道，只不过我还不相信你们。你们懂吧？"

伊吹不想再说任何话而陷入沉默。山内也放弃了，迈步走出。

你要是没有拿背包就帮我拿树枝嘛……我边抱着大量刺人的树枝，边这么想着。

7

我们收集树枝回到营区。伊吹说不想给其他班添麻烦便在远处坐下。要她马上融入我们是件很难的事。对于没有决定权的我们来说，这也很值得庆幸。只要她能够待在我们目光所及的范围，也就不会被卷入难以预料的事情里。遗憾的是平田好像外出了。

于是我和山内、佐仓就先开始为生火做准备。

因为若到了夜晚还无法好好生火，就太不像话了。

"交给我吧，让你们见识我的厉害。"

从平田那里收下火柴的山内，在简单堆叠起的树枝前面蹲了下来，取出火柴棒，并将前端迅速摩擦火柴盒侧边的砂纸。

虽然多次传出"啪"这种摩擦声响，但火柴棒迟迟没有点燃。

"可恶，还挺困难的……"

山内因为佐仓也在旁边，而想要表现得很帅气。但对于平时没使用过的人而言，这是件不太容易顺利进行的事情。即使如此，火柴棒的前端在山内第十几次的挑战中突然点起了火。

"噢噢！好耶！"

火柴终于点燃。山内急忙将它丢进树枝堆。

但……它冒出一缕烟之后，无论再怎么等也没有蔓延燃烧的迹象。

"咦？"

"应该要把火好好贴在树枝上烧吧？若是刚才那样再怎么说也很勉强。"

"好，接下来我就慢慢来……啊……真是的，又失败了。这是瑕疵品吧？"

假如点燃一根火柴都要耗费一番工夫，那要能够生起火来就会是很久之后的事情了。

山内逐渐焦躁起来，手自然而然增加了力道。火柴前端被拿去用力摩擦火柴盒侧边，纤细的木头就轻而易举地被折断了。

每次这样失败就会逐渐累积一两根没用过就结束寿命的火柴棒。

"失败太多次的话可不妙呢。"

因为山内的脚边已经有三根火柴残骸被丢下，我为了让他冷静而好心提醒。

"没问题没问题，还有这么多呢，没关系啦。"

他把火柴盒拉出来让我看。虽然光是一瞥也有二十根以上……

要是以这种速度继续使用也可能撑不到一周。

"点燃了！这次一定要成功！"

山内这回将好不容易点燃的火柴慢慢靠在树枝上。

火紧贴着树枝，正在烧焦树枝，但它却没有按照着我们的期望发展。

"为什么啊！我没有弄错什么吧？我去问一下老师！"

本想让佐仓见识自己帅气一面的山内开始急忙寻找茶柱老师。

我蹲下来拿起用来点火的树枝。

"为什么点不起火呢？"

佐仓也同样蹲了过来，看着留有烧焦痕迹的树枝。

"我以为木头应该马上就能够燃烧，但火势远比我想象中还要微弱。"

她无法理解我所说的意思，歪着头以眼神来询问我。

"在电视剧或电影出现的营火是使用粗树枝，对吧？所以事实上，我们是收集了与之相近的树枝。不过，我们不该从一开始就点燃粗树枝吧？"

我折断一根分支出的细树枝给她看。

"应该依序从这样的细树枝开始燃烧，当中受潮的树枝也很多。"

外行人对潮湿的树枝点火……这行为岂不是胡来吗？这样的话即使山内使用好几十根火柴，火势也不会蔓延开来。

"虽然有点费事，但我们再去森林一趟，捡些干燥的细树枝或是容易燃烧的树叶……"

"咦？你们在这种地方做什么啊？"

当我们在尝试从反复失败中学习时，游完泳的池回来了。

"我们正在生火，但不太顺利，处在苦战中。"

"生火？但这种粗树枝不可能会点起火吧，最开始可是需要更细的树枝哦！你们拿来的树枝，无论哪个不都很粗吗？而且还有受潮的，这样完全不行。"

"啊，可是刚才绫小路同学他……"

我打断佐仓打算替我圆场的话。

"这样啊？如果可以的话，你能教我吗？我该怎么做才好？"

"真是拿你没办法啊，我就简单讲解吧。等一下哦，我先去捡点适合的树枝。"

池说完，放下装着泳衣的背包，走进旁边的森林，不一会儿就回来了。

他捡来各种粗细不等的树枝，从细树枝到粗树枝都有。

他还带回了一把枯叶。

"我把适合的树枝拿来了，这样应该就行了。"

他说完，就捡起山内放着的火柴盒，迅速点燃枯叶。那些叶子的火势逐渐蔓延开来并转移至小树枝。池一边看着火候大小，一边慢慢加入粗树枝。转眼间，它的模样就变成我们熟知的营火了。

"嗯，就是这么回事。"

"好厉害，真佩服你。有露营经验的人果然就是不一样。"

"生火方式可是基础中的基础呢。只要试过一次，谁都做得到呢。"

然而，在D班却没有学生有这种经验。因此他的存在相当重要。

"啊……可恶，老师什么都不告诉我。哇！火怎么生好了啊！"

山内回来看见已经生起的营火，显得很惊愕。他很不甘心没能表现出帅气的一面，因而嘟哝抱怨了一会儿。

我将生火的事交给池和山内便离开了。

"绫小路同学……你明明就是自己发现的，不说出来好吗？"

"没有确切证据可以证明那就是正确答案，而且即使我说了也没意义。比起这些，让池自己去证实自己的经验派得上用场，对班上还比较会有益处。"

虽然我承认这句话是有点装腔作势，不过我还是如实地说了出来。

佐仓好像有点感动地看着我，害我莫名害羞了起来。

"抱歉，我有点累，要去休息了。佐仓，谢谢你。"

我就像是在逃跑一般跟营地保持了一段距离。

在附近准备个人用帐篷的茶柱老师一直盯着我看，不过我决定假装没察觉到并无视她。

8

梼田她们的团体五点过后才回到营地。平田也跟着梼田她们一起回来了。班上将近半数的学生因为中心人物归来而开始集合。看来他们在执行寻找食物的任务，手上拿着像是食物的东西。我从远处确认了一下，看见有许多紧靠在一起、像是草莓那样的红色小果实，以及像是把番茄缩小之后的东西，就连形状像葡萄或奇异果的东西也有。

"这个……可以吃吗？虽然我是觉得它有点像水果才带回来的。"

他们没什么自信，正在请教其他学生的意见。

无论哪种形状的东西都没见过，吃下它们需要很大的勇气。

"话说回来我口渴了呢……肚子也开始饿了。"

"我好像也口渴了……"

到了傍晚，学生们开始说出这种话也不无道理。我也是其中之一。

随着晚餐时间越来越近，食物及饮水的问题也逐渐浮现出来。

"哦！这不是黑豆树果实吗？是小栉田你找到的吗？真厉害！"

在营火附近的池听见骚动走了过来，抓了一粒果实说道。

"宽治同学，你知道这是什么吗？"

"它是一种叫作黑豆树的果实，我以前在山里露营时吃过哦。它就如同外观那般，有种像是蓝莓的味道。这个是木通，它也很甜很好吃哦。哎呀，好怀念哦！"

他应该并不是想要耍帅。池发现怀念的果实而露出孩子般的笑容。大家看见他这种模样，都相当佩服他。面对这样的池，篠原也向他抛出关于其他果实的疑问。池坦率地回答了她的问题。

"咦……气氛比我想象中还要好呢。"

虽然有无数纠纷未彻底解决，但班上却因为一件小事而达到今日最团结的状态。虽说数量很少，不过获得食物也是其中一项要因吧。

"你好像生起营火了呢。谢谢你，绫小路同学。"

"不用向我道谢，去和池说吧。"

营火不断升起的烟发挥着狼烟作用，被叫到名字的池走了过来。

"只要看见烟，即使在森林迷路也能够回到营地对吧？"

"啊，所以我们才会这么快回来呢。这都要归功于宽治同学你呢！"

虽然我们也要相对承担被其他班发现的风险，不过这应该也没办法吧。

不仅是栉田，其他学生也对此表示认同，佩服地点头同意。我以为池会对意想不到的注目及尊敬眼神感到自负，然而他不是面对栉田，而是面向了筱原。

"筱原……我后来好好想了想。在这种什么也没有的岛屿上，过着没有厕所的生活真的很严苛呢。就算是为了守住点数，我也说得太过火了。抱歉。"

"为……为什么要突然道歉啊？"

"因为我想起了我第一次露营时的事情。当时厕所很糟糕呢，不仅虫子在上面爬，而且脏透了。所以我就想起了……那个非常讨厌上厕所，不停地跟父母抱怨要回家的自己。更何况你是女生，所以更不用说了呢……"

池是个能够自己去掌握状况冷静下来的优秀人物。比起我这种不喜欢引人注目的人，他更是个杰出的存在。当然，要挤出刚才那番话需要很大的勇气。不过这份勇气与道歉行为，虽说缓慢但也逐渐传染开来。不久，筱原也尴尬地说道：

"我也是……刚才真是抱歉。说什么不喝河水……是我太过情绪化了。要是我们自己不做点什么，那也无法留下点数呢。"

双方都无法直视对方的眼睛，不过看样子他们已经和好了。说不定D班会出乎意料地剩下点数。其他学生应该也都有这种预感吧。

正因如此，平田决心不错过这个机会，于是举起手来聚集全班同学的目光。

"我有事情无论如何都想先向各位说明。这场特别考试我们没有任何经验，因此我也明白你们不知所措的心情。每个人的价值观都不同，所以起冲突也是理所当然。然而，我希望各位不要着急、不要慌张，到最后都要彼此信任。"

平田用很明确的语气如此说完，接着便以沉着、容易听懂的声音开始说起话来。

"即使是一点也好，谁都想要留下更多的点数，对吧？所以我自己试着算了算能获取的点数，考试结束时我们大约能剩下一百二十点。"

"换句话说，你打算使用一百八十点？我可无法轻易接受哦，平田。"

幸村将这句话理解为平田会使用一半以上的点数，他无法接受似的瞪着平田。

平田为了让周围的人都看得见，将指南手册放在地面上，开始说明理由。

"我希望你们都先听到最后。假设所有食物都以点数补足，支出最少的就是营养食品与矿泉水的套餐。"

食物或者饮水以班级为单位一餐各是六点，但若是套餐就能一餐十点解决，那一天吃两餐就是二十点。假设今晚以及考试结束当天吃一餐就好，那总计就是十二餐。加起来是一百二十点。如果能忍住扣掉最后一天的话，算起来就是一百一十点。这边再加上临时厕所的二十点，以及两顶男生专用帐篷的二十点，就会是一百五十点。剩下的三十点则是用来凑齐一周生活上的必需物品。这就是我为什么说总共要使用一百八十点。

平田进行着有理有据的说明，全班则默默听着平田的这番话。

"我想你们听到剩下一百二十点可能会觉得很少。可这只是暂时性的。这只是大家太在意三百的点数了。只要从期中、期末考试的结果来看应该就很好理解了吧。"

我们在迎接暑假前的笔试中班级点数有了变动。当时，就连最优秀的A班点数变动也不到一百。从此状况来看便能明白一百二十点绝对不是个小数目。外加考试结束时按占领据点的次数能获得额外点数，所以实际上可以留下更多点数。

"而且这是我想到的能够留下的最少点数。假如我们可以找到一天分量的食物与水来熬过去，就能保存二十点呢。要是一个星期能够不愁饮水，那就能保存五十点。"

平田看着附近流动的河水如此说道。这样子河水的重要性应该一口气就传达给大家了吧。

"这样啊……只要我们忍耐，就会有这么大的不同啊……"

即使要说同样的内容，依据论调或步骤，给人的印象也会大不相同。平田的说话节奏安排完美。一开始让我们听见最坏的结果，最后再告诉我们可能留下将近两百点的数值。这么做，平田轻而易举地成功将追求高远目标的意识灌输给了同学。不是只靠努力就能剩下很多点数，而是重复进行微小的努力，来让点数不断地累加上去。假如这么想感觉也会比较轻松吧。

"平田，这样不是很好吗？最低能够获得一百二十点。那也就是说之后只要做多少就会获得多少额外点数，对吧？我们来试试看吧！"

最有可能出面对立的候选人——池，愉快地表示赞同并大声说道。须藤和山内看来也拿他没办法，于是就顺着他的意思。幸村还是有点不情愿，但身为伙伴的池倾向了平田那方，他也因而放弃了。

"啊！对了，平田，我有件事想跟你说一下……"

　　山内忘记报告伊吹的事情，所以不得已由我来搭话。然而，班上就像是在趁着这股气势似的继续进行讨论，没有我插话的机会。

　　"这真是大红人的宿命呢……等一下再说好了。"

　　我决定先靠近从远方眺望情况的伊吹并简单向她攀谈。

　　"抱歉啊，再等一下吧。你的事情我们会去商量看看。"

　　"就说不用勉强了，而且我觉得添麻烦也不好。"

　　伊吹对自己怀有厌恶感，用力抓紧小草并拔了起来。

　　"反正我马上就会被赶出这里，不是吗？"

　　"不知道，因为平田那家伙是个比普通人还更夸张的滥好人。"

　　我不认为平田知道伊吹的苦衷后还会赶走她。

　　"刚才我没有自我介绍呢，我叫绫小路。"

　　"我还要再说一遍吗？"

　　"不，不用了。你是C班的伊吹，我好好记住了。"

　　我和她面对面重新自我介绍，然而还是没有跟她对上眼神。

　　"假如我们当中有人认为饮用河水也没关系，能不能麻烦举个手呢？"

　　我和伊吹俯瞰D班，他们正打算移往下一项议题。

这次池不是在强迫大家，而是为了询问大家的意见而问道。当然，他自己率先举起了手。将近一半的男生举起了手。而筱原的模样有些不知所措，但池温柔地告诉她不要勉强。

"我……我也很想努力……但感觉有点可怕。"

"刚才须藤说的烧开水这件事，我认为不错。假如害怕直接饮用，就先尝试这个方法，也不错吧？"

"若是这样的话……"虽然人数不多，但表示赞成的学生增加了。时机不同，曾一度遭受否决的提案，便不费吹灰之力地通过。筱原虽然看起来很战战兢兢，不过也举起了手。

"我不知道自己能不能喝下去……不过我会挑战一下。"

"我也赞成，我想只要能喝下第一口，接下来就一定没问题。"

栉田为了让接下来的学生也赞成，跟着筱原举起了手。这是从众心理的影响吧。情况出人意料地演变成除了我和堀北全班都举起了手。

由于视线开始集中，嫌麻烦而没举手的我们也简单举起手来回应。

只不过突然要全班喝河水是很困难的。不只为了准备安全的水，也为了有效地运用塑料瓶，我们决定购买矿泉水。

"池同学，希望接下来你能够助我们一臂之力。班上有露营经验的看来也只有你……你能帮助我们吗？"

"呃，既然你都这么诚恳地拜托我了，那我就帮点忙吧。"

"谢谢你！"

平田对池这生硬的回答感到很开心，用就要跳起来一般的气势表示喜悦。最可能开口抱怨的筱原也没有对此吐嘈。大家立刻询问他关于食物的意见。

"今天马上就要日落了，也只能用点数购买食物了吧。不过，明天以后的食物让我好好想想。我们身边也有各式各样的食物，总之我明天会先去调查看看。"

"我们身边的地方是指什么呀？你是指栉田同学她们发现的水果之外的东西？"

"嗯，就是这条河。我们捕鱼来吃的话就行了。一眼看过去就有相当多的淡水鱼。我想这可以节省一部分点数支出。捕鱼后用营火做成烤鱼，绝对很美味。"

"先不说好不好吃，你打算怎么抓那些鱼呀？"

"就是像这样子潜下去吧，虽然我没做过。"

池做出游泳的手势，但要直接潜水捕鱼并不简单吧。

"虽然赤手空拳捕鱼很难，但捕鱼这想法却不错呢。"

平田说完，就指着指南手册上记载的一个项目。上面有着"钓竿"，而且有好几个种类可以租借。

"活饵钓竿是一点，拟饵钓竿则是两点。"

也就是说要赚回本并不是很困难。根据状况说不定这会大获全胜，只要用一点就能获得一到两天左右的食物量。但反过来即使完全没钓到鱼，因为它花费较少，所以也不太容易造成很大损失。池没有提出反对意见，高兴地说道："那么就决定喽，我们买钓竿然后来尽情钓鱼吧。当然要买便宜的那种呢。"

这么一来，明天起在森林筹措食物，以及用钓鱼的方式确保渔获，便作为目标决定下来了。我们在讨论中也决定要是成功钓到鱼或得到蔬菜等食物，就要追加使用五点来购买烹饪器具套组。

我们还在讨论中决定支付二十点购买一个淋浴间。虽然出现强烈的反对意见也在预料之中，但只洗冷水而弄坏身体的可能性很高，且男生也将被限定夜间使用，全体女生也都积极表示想要努力喝河水。大家借由这些事情让反对派接受并通过了提议。

"话说回来……那个人是C班的伊吹同学对吧？我之前见过她。"

一名叫作佐藤的女学生，用怀疑的目光看着静静坐在远处的伊吹。看来在我开口之前班上就已经有人察觉到了她，那我就没有必要多说了。

"呃，她在班上起了点纠纷……"

山内有点慌张地解释伊吹被同班同学孤立的事情。

"原来如此，这是正确的判断呢。我们不能放着她不管。"

"可是平田同学……她说不定是间谍哟？而且考试也有猜测领导者的规则……"

"啊，是哦……还有这种可能性啊！"

"我现在才想到。"山内抱头如此表示。可以的话我真希望他能早点察觉这件事。

"我现在就去确认。山内同学和绫小路同学，你们能一起来吗？"

平田叫来与伊吹见过面的两人，前往伊吹身边。排除佐仓在外应该也是平田帅哥式的顾虑吧。佐仓也一脸因为不用引人注目就能了事而放心的样子。

"可以打扰一下吗，伊吹同学？我想问你详细的情况。"

"我很碍眼对吧？给你们添麻烦了呢。"

她本人擅自下了结论，打算快步离开而站了起来。

"等一下，我希望你可以告诉我发生了什么事……我想助你一臂之力。"

平田强调句尾叫住她。看见她肿胀的脸颊，平田也察觉到事情非同小可。

"就算我说了也不会改变什么吧。我不想再浪费你们的时间。"

"这是考试，所以有学生怀疑你也无可厚非。可是你受了伤，而且还回不了自己的班级，我也不想赶走你。山内同学也是这么想才把你带来这里，所以我希望你能把事情的经过详细告诉我。"

"但这并不是说了就有办法解决的问题。我刚才也听见了你们的讨论内容。你们也不想再继续泄漏作战内容了吧?"

伊吹面向一旁迈出步伐，平田有些强硬地绕过去制止了伊吹。

"要是你真的是间谍，就不会自己主动说出这种要离开的话，不是吗?"

"够了，我只是要去找个能睡觉的地方。"

也就是说她果然回不去 C 班。太阳马上就要西沉，夜晚即将来临。

"女孩子一个人露宿在这座森林里实在太乱来了。"

"就算乱来我也只能这么做啊，你们就算帮助我也得不到任何好处吧。"

"这跟利害没关系。我只是无法抛弃有困难的人，而且大家也都这么想。"

平田露出会让女生轻易坠入情网的清爽表情，他毫不吝惜地也对我们露出这种表情。平田都这么说了，被掳获的人是无法抵抗的。

伊吹接受平田的提议，她自己也像是领悟这点似的张开那张寡言的嘴巴。

"我跟班上某个男人起了争执，所以就被打了，还被赶了出来。就只是这样。"

"真过分……居然对女孩子动手。"

我也没料到。我还以为这铁定是女生之间吵架动手所致。

"我不打算再说得更详尽，而且我也不指望你们窝藏我。就这样。"

"等等。我知道你真的有困难，也理解你的苦衷。能不能耽误你一些时间呢？我会把详细情况告诉其他同学，拜托大家收留你。绫小路同学，你能照顾下伊吹同学吗？我们现在去跟大家说明情况。"

平田说完就留下我，与山内两人返回班级中。他是因为信任才留我，还是因为山内比较可靠才带走他的呢？我有点在意。

"那家伙真的是个滥好人呢。"

"人或多或少都是这样的吧。你们那边也差不多吧？"

"并不是……C班里可没有这种滥好人。"

伊吹这么说完，就再次坐到地上抱住双腿，低垂着脸庞。

而关于讨论结果，因为有平田的说服，于是大家最后决定由我们D班来照顾伊吹。当中虽然也有强烈表示反对的学生，不过他们一想到每当点名时C班都会被扣点数，最后还是接受了。虽然平田似乎完全没有那种意思，但其他学生并非如此。正因为有实际的好处，所以才会同意接纳她吧。然而，这地方占有权问题非常敏感。我们和伊吹约定好让她不要贸然靠近装置。要是被她看穿堀北就是领导者，那我们将承受巨大损害。

接下来，我们向茶柱老师订货，决定购买今晚所需的食物及水的套餐，以及男生专用的两顶帐篷。有平田和池的协助，帐篷很顺利就组装了起来。日落前的所有准备都结束后，学生们各自开始用餐。

"来，伊吹同学，你吃这个。"

栉田走到与D班学生保持一段距离独自静静坐着的伊吹身边，然后递出营养食品和一瓶矿泉水。

"这什么意思……为什么要给我？"

"你应该饿了吧？"

"我记得食物是以班级为单位来配给的吧？照理说不会有多余的。"

"嗯，但是没关系。因为我们决定小组内分着吃。"

栉田队的四个人在稍远处露出笑容，向伊吹这边挥挥手。也就是说，他们四个人平分三人份的食物及水，剩下的一人份则给伊吹。

"这岂不是很蠢吗？你们班滥好人太多了。"

"别客气，吃吧。待会儿来聊天吧，我们在帐篷里等你。"

栉田说完就回到了小组的所在之处。

　　不惜减少自己的食物分量去帮助其他班的学生……
这种事看似简单但事实上却很困难。

　　正因为栉田希望大家都幸福，所以才会有这种慈善
行为吧。

　　"欸，像这样一看女孩子们的关系还真是明显呢。"

　　正在吃饭的山内，指着班上各个团体。

　　"轻井泽率领的女帝队伍、小栉田的友好队伍，再
加上筱原的傲慢队伍。然后堀北和佐仓则是独自一人。"

　　男生全体群聚用餐，但女生各自队伍则都保持着
距离。

　　那里明显就像是有道墙壁，或者说有道隔阂一般，
彼此间仿佛就像是不同班级的团体。

　　要说例外的话，应该就是栉田队属于中立，或说在
所有地方都吃得开吧。

　　"佐仓真可怜，居然自己一个人。我要不要去跟她
一起吃呢？"

　　"最好别这么做吧？你八成会让她害怕的。"

　　"可恶，虽然我很想跟她搞好关系，但太畏缩不前
也是个问题……"

　　佐仓如果面对像山内这种强硬的类型，应该会觉得
难以相处吧。

　　正分工配给着食物的平田，察觉到某件事情。

　　"咦？话说回来高圆寺同学呢？"

本以为全班都集合了，但唯独没看见的就只有高圆寺。

"高圆寺的话，他表示身体不适，现在已经回到船上了。当然，因为他搞坏身体，你们已经被扣掉了三十点。没办法，一切按规定行事。高圆寺中途退出，一周都要待在船内治疗及待命。"

"咦咦咦咦咦咦咦！"

班上一齐发出受打击的惨叫声。

"开什么玩笑啊！高圆寺那家伙！他在想什么啊！"

平时冷静的幸村大叫且跺脚。

虽然我认为他是自由无比的男人，但没想到他居然会擅自退赛。那家伙不觉得自己有升上 A 班的必要性。为了轻松，即使害班级失去三十点，他应该也不痛不痒吧。

"可恶！失去三十点了！真是太糟糕了！"

男女生都对高圆寺感到满腔怒火，但因本人不在场，大家也无处宣泄。高圆寺那洪亮的笑声，响遍大家的脑海中。

展开行动的对手们

早上醒得远比想象中还来得早。

我因为天气闷热而打算翻个身，但又因为无法翻身，我的意识就完全清醒了。

身后传来温暖的触感，我回想起自己在帐篷中过了一晚。话说回来，帐篷里面感觉有点汗臭味。依据使用方式，帐篷也能更换成网状材质，所以幸好夜风吹得进来。不过天亮之后气温升得相当快。

我尽量不吵醒任何人偷偷溜出帐篷，靠近堆积如山的行李。

男女各自将所有行李包包集中放置在帐篷前。

为了尽可能宽敞地使用帐篷，我们没携带行李入内。我环顾四周，确认周围没人之后，便找到唯一一个颜色不同的行李，然后靠近它。

这包包属于昨天来我们班的伊吹。包的颜色会依班级而有所不同，所以很容易找到。我毫不迟疑地伸手抓住包，缓缓拉开拉链。

这种时候要是被谁给撞见，转眼间我是个变态的臭名就会散播开来。

里面有毛巾、换洗衣物、贴身衣物等物品，基本上都放着跟大家相同的东西。不过……

"数码相机……"

昨天，她的包在与山内的争执中撞上了树木。当时我们听见的沉闷声，就是这个与无人岛很不相称的物品。相机底部贴有租借用的贴纸。伊吹为何要带着这种东西呢？我开始思考理由。假如我是伊吹的话……我如此假设并想象着，脑海里便浮出好几种可能性。

我取出数码相机，打开电源检查内容。它没有被使用过的迹象，并没有装入任何资料。我大致检查完就把它放回行李内，然后返回帐篷。

"早安，绫小路同学。你去上厕所了？"

刚才在睡觉的平田，不知何时醒了过来，并回头问道。

他是看见我的手非常湿才会这么想吧。

"对。该不会吵醒你了？"

"不，这环境我实在无法熟睡。痛……腰好痛。下面不铺软垫的话，身体果然会很不舒服呢。"

没枕头也没软垫，还处于拥集状态，要睡觉确实不轻松。但即使如此，除了我们之外的学生都还正在打呼。他们应该是因为四处奔波所以很累吧。

"假如包含高圆寺同学退出在内，我们昨天使用的点数，全部加起来是一百点左右。虽然我跟大家说最少能剩下一百二十点，但实际上能剩下多少还是个疑问呢……我一想到这种事就没了睡意。"

平田拿出指南手册确认情况。高圆寺的退出是个相当沉重的打击。

"调解班级的工作还真是辛苦。"

这种工作我根本无法胜任。我从一旁探头看着指南手册，平田为了让我看清楚而调整了指南手册的位置。这种细节的周到真让人感激。

"我只是因为喜欢才这么做。只要能让班上的大家幸福，那我就心满意足了。不过这却意外地困难。可以剩下多少特别考试点数，将大幅左右今后的校园生活。但是我觉得勉强大家，并让大家觉得痛苦，也是不对的。"

只要班上大家都能够幸福？如果这可能实现，那也会是如梦一般的事情。

这几乎接近不可能。这所学校的制度便说明了这点。

"如果班上存在想以 A 班作为目标的学生，以及想要就这样待在 D 班的学生，那你打算怎么办？"

虽然即使问了也没意义，但我还是不经意地提出这刁难的问题。

因为我想听听极端善良的平田的意见。

"真是个难题呢。因为以好班为目标，也就意味着要勉强全班学生……抱歉，我无法马上回答。"

平田好像已经思考过无数次。他稍作道歉，同时浅浅地笑着。

"绫小路同学，你是把 A 班当作目标的人吗？还是说，你是只要校园生活开心就好的那种人？"

"要说是哪种的话，应该就是校园生活优先吧。从现实层面来思考，我们不可能升上 A 班。"

"这样啊，我也觉得不简单。假如班上团结一致以 A 班为目标，我们最初一个月所背负的损失相当巨大。"

平田没有多说，不过包含其他学生在内，也都是这么想的吧。

假如身为好班的 A 班没有掉下来，即使我们再怎么努力也无法轻易缩短差距。

要填补将近一千点的差距，真的是件很辛苦的事。

就算能顺利通过这场考试，D 班能获得的点数是一百到一百五十点。就连追上 C 班，都是遥不可及的梦。

"我认为没必要着急。现在首先就是团结 D 班并熬过考试。这么一来，我想就可以慢慢看见下一个目标。"

要采取这种做法是平田的自由，许多同学也会赞成吧。

眼前先为了得到零用钱而做努力，赚取班级点数。只要对我们和其他班之间的差距暂时视而不见，这也不是个坏想法。平田简单知会我一声，不吵醒任何人，安静地走出帐篷前往厕所。

平田走后，我就在他空出来的空间上随意躺下，伸展身体。起码应该把情况视为 A 班占领着洞窟，而 B 或 C 班也占领着某些据点。就算我们班现在占据河流，光是这样也难说就能获得优势。

我环视一遍帐篷，确认大家都在睡觉后，就将指南手册里的空白纸撕下一张。接着借用圆珠笔，大致临摹岛屿地图，再把它折得小小的，放到口袋里面。

不久，从厕所回来的平田在帐篷入口探出脸。

"可以的话，要不要跟我一起去洗把脸？"

我对此表示同意。太阳升起，帐篷里的温度也逐渐升高。我们决定前往附近的河流。我们从包裹着塑料套的个人行李里取出毛巾。平田好像正在顺便将指南手册收进包包而花了一些时间。我听见塑料喀啦喀啦的摩擦声，原来是平田的包包上挂着的吊饰。

"那个该不会是轻井泽送的礼物吧？"

"你居然知道呀，不过别人也能够猜到吧。"

看见有着爱心标志的吊饰，很容易想象。

当我们两人走向河流，就发现附近有个意想不到的人物。

"你在这种地方做什么？"

B 班的学生——神崎，像在偷窥 D 班营地似的看向这边。稍远处也有陌生的男学生正看着这边，他可能也是 B 班的学生吧。

他们似乎没料到我们会这么早出帐篷，因而露出有点惊讶的表情，但立刻就恢复了冷静。

"已经过了一天，不知你们过得如何，就过来看看情况。你们占领了一个好地方呢。"他佩服地看着河边的帐篷说道。

"我记得你是……B班的神崎同学，对吧？"

平田好像对神崎有印象，并记住了名字。

"我们吓到你们了吧。抱歉，请别生气。"

神崎道完歉，就背对我们迈步而出。

"神崎，B班在哪里扎营？"

我不清楚他是否会告诉我们，但还是试着问了问。结果神崎丝毫没露出不愿意的表情，并转过头来答道：

"从这里沿路走，在回到海边的途中会有棵折断的巨树。在那里往西南方进入森林，前方就是B班的扎营地点。只要从巨树那里进入森林，应该就不会迷路。假如有需要你们也可以过来，请你替我转达。"

神崎留下这些话就离开了。平田看见我们对话，很不可思议似的望着我。

"你们是朋友呀？不过那句'请你替我转达'是什么意思呢？"

"谁知道呢。"

上次的冤罪事件中，神崎、一之濑及堀北姑且是合作关系。说不定他们认为我们还是伙伴。

"他们应该是为了看我们怎么花费点数，而来D班进行侦查的吧？"

从他露出有些尴尬的表情这点来看，无疑也是目的之一。

只要看厕所、淋浴间、帐篷等数量，就能精准确认点数花费。不过神崎他们想知道的不止这些吧。他们应该也想知道谁是班级领导者。据点的占领权每隔八小时就会中断。也就是说，他们也可能是往回推算时间，瞄准着更新的时机。不过我们当然也考虑了这点。

为此，我们故意延迟昨天的第二次更新，把占领权调整成八点过后结束。这么一来，我们就可以紧接着点名之后，利用人群一面掩饰一面更新权限。

平田在河边洗脸，对于被 B 班侦查这件事并没有任何不满。

硬要说的话，不安的情绪似乎还比较多。他一边用毛巾擦拭，一边嘟哝道：

"我们的战略应该没错吧……我认为即使赢不了其他班，也至少要团结起来通过考试呢。所以我不想被其他班猜中我们的领导者。"

平田被水泼湿的头发闪闪发亮，这名美男子好像有无止境的烦恼。

"不用这么在意吧。你最好放松一点。"

"谢谢你。你能对我这么说，我真的很开心哦。"

我洗完脸，就用手捧起水，并把水送入口中。

就算在这热得要死的森林里，河水也很冰凉可口。

河水是从地下冒出再流入河里，有不易升温、冷却的特性。因为河水是从上游流下来，所以水温也难以上升。

能够把这里作为据点占领应该相当地幸运。

"首先，我认为有必要好好整顿我们的床铺环境。这里的地面很坚硬，所以要是没有软垫那种代为缓冲的物品，这一周也会很辛苦。大家起床之后，我会收集意见行动起来。大家得彼此协助，一起努力才行呢。"

1

早上点完名，我们就开始自由行动。当然，平田也向靠得住的同学们做出指示，开始执行节省点数的作战。另一方面，我或者堀北这种喜欢独处的人，则开始各自随意行动。

"你们干什么啊！"

池愤怒的声音突然间响遍营区。我为了查看情况而探头窥视声音的方向，结果那里站着两名露出贼笑的男生。

伊吹刹那间露出痛苦的表情，躲藏在帐篷的阴影处。

"是小宫跟近藤吗……"

我和如此低语的伊吹一样对那两人组有印象。他们是 C 班的学生。

"哎呀……D 班还真是过着相当简朴的生活。真不愧是瑕疵品班级。"

两人一边大口吃着手上的零食洋芋片，一边像在消暑似的畅饮着饮料。那看起来并非一般的白开水，而是碳酸饮料。

"看来 C 班那伙人过着相当宽裕的生活呢。"

"你认识龙园吗?"

"他是 C 班的学生对吧。我听过各种传闻，据说他是个相当乱来的家伙。"

"岂止相当，那家伙的所作所为都很乱七八糟。"

伊吹像在说着什么深仇大恨的话题似的，看起来很烦躁。

"那两个人是龙园的伙伴，说是小弟也可以。"

之前跟须藤吵架起纠纷的也是那两个人，他们与其说是偶然出现在这里，还不如说有可能是那个龙园在背后操纵。

"你们早上吃了什么? 野草吗? 还是虫子呢? 来,吃点零食嘛。"

他说完就取出一片洋芋片，把它丢在前来质问的池的脚边。

看见这挑衅般的行为，奉行节俭策略的 D 班不可能不感到焦躁。

"这是来自龙园同学的口信：你们要是想尽情享受暑假，现在就立刻来海边。你们最好别客气，来我们这里会比较好哦。我们会共享让你们讨厌自己现在愚蠢生活的梦幻时光。"

本以为那两人会马上离开，但他们却留在这里，故意要惹人厌似的继续吃着零食。

虽然池多次强烈争辩，但他们好像完全不介意。岂止如此，他们还不时地重复挑衅行为，激起大家的反感。

C班这种挑衅持续长达十分钟以上。不过他们似乎因为平田他们开始聚集过来，而认为这是撒手时机，就往他们自己的营区方向走去了。

"看来他们并不是要来找我呢。"

"是啊，感觉目的纯粹是来找碴。"

虽然这是很奇怪的行为，不过C班使用了点数购买点心或饮料等物品，这点作为情报也算是有收获。

他们究竟打算在这场特别考试中做些什么呢？

"刚才那些家伙说要共享梦幻时光，你有什么头绪吗？"

"或许他们正在以我想象中最糟糕的情况行动。"

伊吹没继续多说，然后就像昨天那样走向离我们班营地稍远处的树旁坐下。

想象中的最糟糕的情况？让堀北知道这件事似乎会

比较好。

"堀北，你在吗？"

早餐时间过后，堀北就马上返回帐篷，因此我没看见她的踪影。

我在女生帐篷前面呼唤她。

虽然她暂时没有回话，不过帐篷微微晃动，且传来布料摩擦的声音。

那个声响一停止，堀北便从里面缓缓走了出来。

"你听见刚才的声音了吗？"

"嗯。你若是指 C 班做了粗劣挑衅的这件事，那我是听见了。"

"我有点在意，所以想去看看情况。要不要一起去？"

"你居然会主动展开行动，这还真是稀奇呢。你没事吧？"

这句话我想原封不动地还给她。

"反正这一个星期都很闲，今天也没什么特别要做的事，打发时间而已。"

"我不太想行动呢。既然身为领导者，要是贸然行动引人注目，有可能被其他班猜中。"

"我明白你的心情，可就算你足不出户，现状也不会改变吧。你已经被龙园盯上，而且也引起了一之濑的注意。也有人知道你是学生会长妹妹的这个事实。换句话说，不管你怎么做都会成为其中一个目标。"

无论如何，猜对跟猜错都是五十点，没有确凿的证据，都很难做出赌注。猜领导者需要有十足的把握。

"也是呢。就算苦想也不可能猜中是谁才对。好吧，我也很在意其他班的状况。我们一起去吧。"

堀北的步伐与她的心情相反，显得相当沉重。我和她一同前往侦查在海滩等候着我们的 C 班。

2

从走出森林前林木茂盛之处可望见的海滩上，有许多 C 班学生。

我和堀北所见的 C 班情况，远远超乎我们想象。

"不会吧……这种事情……有可能吗？"

堀北即使看见这副光景却还是难以置信，说了好几次"不可能"。

这点我也一样。因为这是我完全没料到的情况。设置临时厕所或淋浴间就不用说了，他们还有天幕帐、烤肉套餐、椅子，外加遮阳伞，甚至从零食到饮料都有。娱乐上一切所需设备全都一应俱全。这里有烤肉的烟，以及学生的欢笑声。水上摩托车在海面上奔驰，尽情享受大海的学生一面发出尖叫一面享受。

光是大略计算目光所及范围，便可得知他们花掉了一百五十以上的点数。

"C 班打算做什么？他们是不打算节省点数吗？"

　　就我们所看见的，也只能这么想了吧。这已经超越了挥霍的水平。

　　"我们过去确认一下吧。看看C班有什么企图。"

　　我们两人从树木繁盛处迈步走向海滩，用力踩踏沙子前进。

　　一名男生发现我们之后，向身边的男生搭话。对方躺在椅子上，从我们这边看不太清楚他的脸庞。

　　接着，那名男生立刻朝着我们的方向跑来。

　　"龙园同学叫你们过去……"

　　男生前来如此搭话。与其说他没有锐气，不如说有些畏惧。

　　"简直就像是个国王呢。居然让同学替自己跑腿。那名国王正欢迎着我们，怎么办？"

　　"堀北你来决定吧。"

　　"好吧，我对他们打算怎么做也很感兴趣，我们过去看看吧。"

　　我们回应男生的话，然后跟着他走了过去。

　　一靠近大海，烤肉香喷可口的味道便扑鼻而来。

　　"他们还真是干了不得了的事情呢。"

　　我再次切实感受到这并不是那种"享受假期吧"的水平。

　　这挥金如土的娱乐设施好像是那名男人所指示的。我们靠近他身边。

"我还在纳闷是谁在旁边鬼鬼祟祟地探查，结果是你们啊。找我有什么事吗？"

"你还真是有权有势呢。你们看起来正进行着相当挥霍的玩乐。"

穿着泳装躺在椅子上晒太阳的龙园，露出洁白的牙齿。

"如你所见，我们正在享受夏日假期呢。"

他说完，就自豪地展开手臂，展示沙滩上的众多的娱乐设施。

"这可是考试呢。你了解这是什么意思吗？你是不是不理解考试规则……"

正因为他曾是我们班提防过的对象，堀北对他的无能表现别说是高兴，甚至还很气馁。

"哦？我真惊讶。你这是在为敌人雪中送炭吗？"

"要是上头无能底下的人也会很辛苦。我只是觉得他们很可怜。"

龙园只是笑笑带过，便伸手拿起放在无线电对讲机旁的矿泉水。

"这样的娱乐设施，你使用了多少点数？"

"谁知道我花了多少？我才没去仔细计算。"

龙园毫无隐瞒地答道。

"啧，水已经不冰了。喂，石崎，去拿冷冻的水过来。"

龙园这么说完，就像在挑衅一般把剩下约一半的水

洒到沙上然后扔掉。在一旁打排球的石崎于是急忙前往帐篷里拿水。

帐篷内随意堆放着许多装着食物跟水的纸箱。石崎探头查看箱子一旁的冰桶。

"如你们所见，我只是在享受夏天的假期。换句话说这场考试我不会是你们的敌人。你们懂吧？"

堀北对这无法理解的行为感到头痛，按着额头皱起眉。

"这是论及敌我之前的问题呢。警戒你们而前来这里的我，还真是个笨蛋呢。"

"谁才是笨蛋呢？真的是我们吗？还是说是你们呢？"

龙园别说是受到侮辱，他甚至把话原样还给堀北。

"要在这种热死人的无人岛上进行野外求生？别开玩笑。为了获得一百或两百这种少量的班级点数，你们最底层的D班就要忍耐饥饿、炎热天气以及空虚。我光是想象都想笑呢。"

石崎在沙滩上奔跑，汗流浃背地拿回新的水。接着把冰凉的矿泉水递给龙园。然而，龙园在拿到的瞬间却将塑料瓶往石崎身上砸去。

"我叫你拿冷冻的水过来，它是温的。"

"唔……可……可是……"

"啊？"

龙园锐利的视线就宛如一条蛇。石崎的身体僵硬，随后捡起塑料瓶，再次朝帐篷跑了起来。

"这次考试是在考验耐力、应对能力，以及互相合作。你从一开始就不行了呢。因为你就连完善的计划都没有制定出来。"

点数使用得这么阔气也不可能维持一整个星期。地狱般的生活迟早会到来。天幕帐或者遮阳伞以及椅子等物品，届时应该都只会成为碍事的存在吧。

"合作？别笑死人。人是会轻易背叛他人并且撒谎的。信赖关系打从一开始就不会成立，能够相信的就只有自己。你们要是侦查完就回去吧。不过你们要是求我的话，我也可以款待你们。不管是吃肉还是滑水，都随你们去玩。还是说，你们要跟我玩什么别的游戏呢？我会为你们准备专用帐篷哦。"

"真不觉得这是过去曾前来下战帖的人会说出的话。"

"我最讨厌努力了。忍耐？节省？别开玩笑。"

石崎再度返回，他像是心想这次一定要顺利似的把水递出。

龙园接过来，并打开瓶盖，将水一饮而尽。

"这就是我的做法。除此之外不会存在其他方式。"

"是吗？那就随你高兴。在我们来看这也正好。"

堀北转变了想法，认为这回把C班从敌人中剔除也没问题。

"你们为了探查其他班状况而汗流浃背地四处奔走，

136

还真是辛苦。"

堀北打算往回走，却在正要迈出步伐时打消了念头。

"还有一件事。你一定认识伊吹同学，对吧？"

"是啊，她是我们班的人。怎么了吗？"

"她的脸肿起来了。那是怎么回事？是谁做的？"

尽管堀北有把握对方就是犯人，但还是刻意拐弯抹角地进行确认。

"我还纳闷她怎么气势汹汹地离开了，什么嘛，原来那家伙跑去寻求其他班帮助了啊？真是个可耻的女人呢。"

龙园吃惊地说道并嗤之以鼻，再次躺下。

"世上就是有那些无可救药的笨蛋。我不需要违背我命令的手下。既然我决定要任意使用班上的点数，那这就是板上钉钉的事。即使举旗造反也没用。"

"换句话说，伊吹同学在点数使用方式上跟你起了冲突。"

"简单来说就是这么回事，所以我就稍微教训了她一下。"

他说完就用手做出甩巴掌的动作，也就是说甩她巴掌的果然就是龙园吗？

"还有一个男人违抗我，所以我连那家伙也一起驱逐了。我没收到他死了的通知，所以他应该不知道在哪里吃着野草或虫子保命吧。"

　　这发言真不让人觉得他是在说自己的伙伴，但这么一来也能够理解了。

　　即使伊吹点名时不在，对 C 班也不会造成影响，所以她的同学既不会担心，也不会想去找她。堀北过了一会儿察觉到了这件事。

　　"你……第一天就花光了所有点数，对吧？"

　　没错。这场考试里即使失去三百点也不会有负分。

　　也就是说，不管做什么，都不会有任何影响。

　　"就是这么回事。我已经用光所有点数。无论伊吹怎样，我都不会有损失点数的担忧。你们明白这是多么自由的事情吗？"

　　"没想到你竟然会拿零点这件事来逆向操作呢。"

　　消除负分要素的零点作战。虽然这是意料之外的作战方式，但它没办法留下好成绩。只要没有点数，C 班就必然会是最后一名。就算他们猜中所有班级领导者，最多也只能增加一百五十点。

　　"伊吹如果在你们那里，最好快点把她赶出来。要是因为同情而去帮助她，就必须多准备一人份的水、食物、床铺。反正她如果忍不下去了就会回来。假如她向我磕头谢罪的话，我就会原谅她呢。以我这宽大的心胸。"

　　就算曾经违抗自己且离开，对方迟早也会回归自己的支配之下。他把握十足。而实际上伊吹要独自在无人岛生活一周应该很困难吧。

"真是鼠目寸光。你们现在只是因为能受惠于点数才会觉得幸福。挥霍完之后打算怎么办？就算之后想再收集食物也只会很辛苦。"

"哈哈。哎，谁知道呢。平凡人的脑袋中就只能浮现出单纯的想法。死守校方给予的点数、调查谁是领导者、拼命占领据点、汗涔涔地在森林到处奔波，我打从心底觉得很无趣呢。"

即使事实摆在眼前，龙园也毫不慌张，只是这么笑着答道。

"我们回去吧，绫小路同学。继续待在这里也只会坏了心情。"

"下次见哦，铃音。"

"我不知道你是从哪儿调查来的，但能不能别随便叫别人的名字？"

看来龙园已经做过调查，并牢牢记住了堀北的名字。

"我不讨厌你这种强势的女人。我早晚会让你在我面前屈服的。"

堀北以极尽蔑视的眼神鄙视龙园之后，就转身迈步而出。

我在离开前看了停泊在码头的游轮一眼，又看了看在海里游泳的学生们，以及在海边歌颂排球、海滩抢旗、烤肉之美好的学生们。然后再看了看设置在海滩上储备食物的帐篷。

龙园打算彻底嘲笑学校的规则。

"C班真是不值一提呢。多亏他们完美的自我毁灭，这还真帮了大忙。"

"是啊，而且那些家伙把点数用光也是事实。"

假设他们在我们看不见之处节省点数，最多也只有几十点。

只要伊吹或另一名学生不参加点名，那些点数也迟早会被扣光。

"他们点数用光后会怎么做，就有好戏可看了。"

"虽然很遗憾，不过C班在这场考试之中不会有困扰之处。"

"不会有困扰之处？为什么？我不认为考试能不靠点数撑过去呢。"

"可以哦，龙园原本的意图就是这点。如果校方给予的资金是三百点，那么要享受一个星期的假期，再怎么说都不可能。无论如何都得吃朴素的食物并放弃娱乐设施，否则不能顺利熬过一个星期。校方就是如此制定规则的。"

"这种事情我知道。"堀北点头，并答道，"所以我们要去节省该节省的地方，并且熬过一个星期呢。"

"对。不过龙园并不一样。那家伙打从一开始就没考虑一个星期的时限。"

"没考虑一个星期的时限？"

"假如考试是到今天为止呢？你不觉得他们完美的假期的愿望就会实现了吗？"

"这……是这样没错，那接下来呢？假如手头是零点的话……"

"很简单，他们只要像高圆寺那样做就好。"

"咦？"

"我身体不舒服、精神状况不稳定，总之只要找个理由退场就好。这么一来全班就可以回游轮生活。也就是说，他们可以不必吃到半点苦，并且尽情地享受暑假。"

校方应该也无法说他们是装病并拒绝吧。允许自由使用三百点点数的两天一夜假期，即使再怎么挥金如土地玩乐也都绰绰有余。

"这么说来，他真的从最开始就放弃考试了吗？"

哎，也许这很没道理，但龙园或许是单纯讨厌麻烦事，或是想避免会损耗精神的野外求生保存体力，又或许是为了提升士气。

"这场考试就如字面意思一样，是很自由的。龙园的想法也是其中一种正确答案。C班好像有伊吹以及另一名学生发起抗议而不在班上。说不定他是觉得，既然无论再怎么节省都会失去点数，那还不如采取这种果断的作战方法。"

但因为不知道那家伙是在哪个时间点决定一次性花光所有点数，我也只能够推测。

"他应该锲而不舍地思考带回离队的那两人的方法才对。他现在的做法绝对是错误的。我无法理解呢。"

是啊，我们确实完全看不出龙园在想什么。

然而，我们还是应该将龙园的计策视为有一定的效果。

任何人看见这状况，应该都会对于龙园的可疑策略感到不安或恐惧吧。

这种印象应该不会就这么轻易减弱吧。

假如他做这些事都是为了这个目的的话。

离开沙滩后，我又再度回头环视了整个海边。

"零点作战吗？原来如此。真有趣。"

如果就连同班同学的反对意见都可以无视，那这方法还真是相当有意思。

这果然不只是班级内部节省点数的考试。

看来为了赢得胜利，学生们正思索着战术。

3

接着，为了有效利用多余的时间，我们决定也去查看B班、A班的情况。我们按照神崎所说的，从折断的巨树根进入森林。现在想想，这棵巨树应该不是自然断裂，而是校方制作的标记。我不禁觉得它是表示前方有据点的提示。

踏入深邃森林的瞬间，我察觉到些许变化。路上有像是众多学生踩踏过的痕迹，非常易于行走。

只要单纯追寻这个痕迹，就能抵达B班营区。把这点当作神崎没有详细说明的理由也就可以理解了。若要说有什么讨人厌的事，那大概就是蚊子不时地寻找空隙飞来手臂或脚上打算吸血。

不久之后，我们便抵达了B班的营地。

"真不愧是B班……"

我们一抵达B班营地，就看见那里有着与D班截然不同的生活景象。作为据点来运用的水井，其周围有着许多树木，没有空间放置三四顶八人用帐篷。相对的，他们利用吊床来弥补这点，确保了过夜的空间。尽管我们从相同条件起跑，使用的道具却完全不同。我对放置在水井旁的陌生装置也很好奇，不过比起这个，最令我惊讶的就是B班拥有的独特氛围。

"咦？堀北同学？还有绫小路同学？"

B班学生发现有客人突然来访，于是回过头来向我们搭话。这人正想装设吊床，在树上系着绳子。

一之濑的运动服模样非常容易给人带来活泼印象，神崎的身影也在稍远处。

"你们班运作得还真是顺利呢，虽然这里作为据点

也很辛苦。"

"哈哈，刚开始很辛苦哟！不过我们想方设法，结果要做的事情反而增加了。目前工作堆积如山。"

一之濑说完就露出微笑，接着用力系好绳子。

"若是这样，那很抱歉打扰到你们了呢。"

"对不起呀，刚刚的说法像是在赶人。不过，如果只是一下子那倒是没关系哟。你们也是有事想问才会来的吧。"

一之濑欣然迎接我们。由于我们难得来一趟，于是她催促我们坐到吊床上。可是堀北却拒绝了这项提议，最后一之濑自己坐了下来。

"我可以认为从上次开始我们就是合作关系吗？"

"起码我是这么想的哟。"

"那么，我想知道你们目前使用了多少点数，以及在什么东西上使用了点数。假如你也能告诉我那些道具的评价，那对我们将大有帮助。当然，我也会公开我方的资讯。"

D班的情报，凭神崎早上所见到的东西应该就能够知道个大概吧。这是一个不亏本的交易。

一之濑莞尔一笑，就从脚边的包里取出指南手册。空白页上好像写着买进的物品。她一面让我们看着内容，一面念出来。

"我们买了吊床、烹饪器具、小型帐篷、提灯、临时厕所、钓竿，还有户外淋浴器……再加上食物，总共正好是七十点呢。"

不算高圆寺的退出在内的话，我们和 B 班的使用点数几乎相同。

"户外淋浴器是什么？我有点好奇。"

从它的名称看来估计是和洗澡有关系。但因为与临时淋浴间相比，它只要五点，所以我们认为效果不佳而没买。

"那我就逐一说明吧。森林中到处都有蔬菜或水果，所以我们就去寻找并收集，同时，不足之处再用点数来补足。然后我们也去海边钓鱼了，食物上应该就差不多是这样。因为有水井所以水源也没有困难。"

就如栉田她们找到几种水果一样，B 班当然也在这附近找到了物资。从蔬菜这一词来看，好像比 D 班还更有成果。

接着一之濑引导我们到水井前并运作滑车，用木桶汲水给我们看。

"因为水质也有受到污染的可能性，一开始我们很烦恼是否要把它当作饮用水，不过从栽种的食物和周遭环境来看，我们认为这口井也得到了管理。为了保险起见，我们昨天只让一个人试喝。而隔一段时间他也没腹泻，于是今天早上大家就开始一起使用井水。"

原来 B 班并不是一开始就扑向井水，而是确认过后才使用的啊。虽说这是理所当然的事情，但受到节省点数的诱惑，井水是个会令人忍不住立马想去喝的东西。

"而且我们也得知它的水量丰沛。所以即使用来淋浴，也完全足够。这个就是户外淋浴器。"

放置在水井隔壁的巨大机械，果然就是这个。

"把水装进这边的水槽，几秒钟就能制出热水，很方便吧。用瓦斯罐加热，所以我们目前正在使用它。要是用光的话我们打算继续购买。"

一之濑理所当然似的说明这意想不到的道具使用方式。堀北插话向她问道：

"你以前就知道了吗？关于那个户外淋浴器。"

"没有，我是第一次听说，也是第一次使用。学校的规则还蛮可怕的呢。这在指南手册上没有详细记载，而且又没办法问老师。我们是因为班上有熟悉户外活动的人才得救的哟。"

那个户外淋浴器旁放着与临时厕所成套交付的轻便帐篷。那里面没有放置任何东西。

"我们把配给要给厕所用的帐篷拿来代替淋浴间。这是为了给讨厌在淋浴时被人看见的同学使用的，而且它也防水。"

因此才会是空的啊。这样帐篷里的地面是湿的也能够理解了。

"帐篷……睡觉时地板很硬，你们不会觉得很辛苦吗？"

"啊……是呀，一开始思考过该怎么做呢。不过我们采取了对策哟。你要看看吗？"

一之濑踩着草地，走向帐篷。她和在帐篷里聊着天的女生说了一声，接着就将帐篷下方稍微抬起。

帐篷下方铺着一层厚厚的塑料袋，厚度约为两厘米。

"配给临时厕所时，学校规定说塑料袋是无限制的呢。所以我们就不讲理了一点，请校方替我们大量准备。当然，我们也不想浪费资源，于是就在一张塑料袋之中塞了许多没用过的塑料袋来使用，我们打算最后还给校方。"

"话说回来，你们对于炎热气温的对策是什么？总觉得这附近好像特别凉爽呢……"

"这是因为洒水吧。水井很近，因此我们会在床铺附近洒水。把水装在喝完的塑料瓶里运过来。大家一起洒的话一下子就能完成了哟。土壤容易吸水分且蒸发耗时，所以能够持续蒸发并有效地为我们带走热气。"

一之濑他们并不是只依赖道具，看来还利用了自己的智慧，来享受着露营生活。

堀北大致上获得 B 班情报之后，也开始详细说明我们自己的状况。

这部分与其说是她不偷工减料，倒不如说她是不会忘记公平精神。

"原来如此……出现中场退出的人确实很遗憾呢。"

"是呀。班级虽然还有很多隐忧,但我会试着想点办法。"

"对了,就让我们这样继续合作关系,你觉得怎么样?我认为在互猜领导者的这条追加规则上,我们彼此的班级互相排除对方也是一招,如何呢?"

"我也正打算说这些话。即使是一个班级也好,假如你们能排除我们于对象之外那就太感谢了。如果一之濑同学你不介意的话,我想接受这项提案。"

"当然 OK 呀。"

双方彼此交换信息及再次确认完合作关系,事情告一段落,不过堀北却环顾四周发出感叹。学生们都各自拥有自己的职责而行动着,B 班有种一丝不乱的团结感。而且每个人都很开心地在完成职责……即使是令人讨厌或者想要跷掉的那种工作。

"你们班……比我想象中还更统一呢。果然是你率领的吗?"

"嗯,大致上是我在带领。"

也就是说一之濑在学校内外都好好地统合着班级。

"D 班有能够统合班级的人吗?是堀北同学吗?"

"不,是个叫平田的男生。大致上是那家伙在整合班级。"

"啊！那个足球部的人。我知道我知道。他在女生中非常有人气呢。"

堀北好像对平田的话题并没有兴趣，因而轻轻带过。

"一之濑同学，很抱歉尽是向你提问，不过我们现在想去确认Ａ班的状况。关于他们的营地你了解到什么了吗？就算只是知道地方，对我们也会有很大的帮助。"

"我只知道大概的位置，不过我认为要获得情报很困难呢。"

真不愧是Ｂ班，不，应该说真不愧是一之濑。她已经调查完Ａ班了。

一之濑没表现出不情愿的态度，并指出方向，告诉我们她所知道的营区地点。

"从这里出去有个空旷的地方，在那里右转直走就可以看见洞窟。Ａ班的营地……应该在那里。我去调查过，但不是很确定呢。不知道该不该说他们是秘密主义，因为他们防守得很彻底。"

"秘密主义？Ａ班采取了怎样的对策呢？"

"百闻不如一见。我觉得你只要去看看就能一下子明白。现在要去Ａ班也就代表你们两个已经掌握Ｃ班的状况了对吧？"

"对，刚去完才过来。他们做出了令人难以置信的蠢事呢。"

"嗯，他们不打算认真埋头于考试。考试还剩下五天。他们的点数在考试结束前明显不够。我也不认为他们现在会一举切换成节约模式。他们看起来也没在寻找据点。有点难以理解呢。"

一之濑没有得出正确答案。

"这场考试无法作弊。龙园同学无疑几乎花光了所有点数。虽然他现在说不定很快乐，不过之后应该绝对会后悔呢。"

堀北刻意没将我所讲的"脱离方案"说给一之濑听。看来与其说是她要隐瞒，不如说是因为她认为一之濑他们早晚会自己察觉。

"打扰你们谈话真是不好意思。一之濑同学，你知道中西同学在哪里吗？"

当我们正在交谈时，一名男生出现，客气地问道。

"中西同学这个时间应该去海边了哟？怎么了吗？"

"我想去帮他的忙。会不会太多管闲事了？"

"没有，没这回事哟。我非常开心金田同学有这份心意。那能请你去对面辅助小千寻她们吗？就说是我说的。"

"我知道了，谢谢你。"

堀北看着这简短互动，感到有点不可思议似的双手抱胸。

"就同班同学而言，他还真是见外呢。"

"啊，他是……"

"是 C 班的学生吗？"

我在一之濑回答前插话。她轻轻点头。

"原来你知道呀？他好像跟 C 班发生了纠纷。虽然他说要自己一个人生活，但再怎么说我们也不能放着他不管。他好像不愿说出详细状况，所以我就没多问了。"

为了抵抗龙园而叛离的另一名男生看来被 B 班收留了。他是想为这没面子的状况做点什么才会提出协助吧。

"我们昨天也收留了一名 C 班的学生。"

堀北说出刚才见到龙园并询问详细状况的事情。并说明我们收留的伊吹，是对恣意妄为的龙园进行反抗的两人中的一个，还有伊吹被揍了的原委。

一之濑听完这些话更加坚定了自己保护那个男生到底的决心，眼神中充满信心。

"差不多该走了吧，绫小路同学。久留不太好呢。"

我们跟和堀北交换完意见的一之濑道别，并离开 B 班营区。

"我不得不说他们是 D 班的优秀版本。"

离开 B 班且没人烟之后，堀北说出了可视为战败宣言的话语。我也有跟堀北相同的感受，D 班跟 B 班已经开始产生很大的差距。

这并非因点数而产生的差距。

152

"哎，没办法呢。B班拥有D班所缺乏的特殊能力。"

"团队合作。B班非常团结，因此决定什么事情时，想必也不会发生纠纷或者分裂吧。"

D班里有像失控的高圆寺那种任性学生，而且也没有学生拥有阻止这点的能力。另一方面，B班有一之濑来统合，看得出来他们班拥有一丝不乱的团结力。这说不定就是目前D班和B班最大的差异。

这场竞争要是时间拉得越长，这项差异就会越明显。

4

眼前出现了像是凿开这座深山似的，宛如怪物张开大嘴般的洞窟。入口旁放着两座临时厕所以及一个淋浴间。

"从这里看的话，不太能知道里面的样子呢……"

躲在阴影处一边保持距离一边进行确认是件极为困难的事。我和堀北在A班都没有认识的人，所以打算躲起来搜集情报。不过就算偷偷摸摸也不会有任何收获。于是我便越过藏身中的堀北，走上连接至洞窟的道路。

"欸，等等。"

"走吧。就算对方是A班，但害怕也不是办法吧。"

我和堀北前往可能是A班营地的洞窟。

"你到底打算做什么？这样随便暴露身份也没好处。"

"难道躲起来观察就会有好处吗？这里几乎看不见设施，也没有人影。我认为要是不进洞窟里面，就无法看见更多东西。"

"这种做法并不冷静。你是有什么想法吗？"

"我并没有什么想法，所以你别在意。"

"真是个让人搞不太懂的含糊回答呢。哎，算了。"

我被堀北极为冰冷的恐怖眼神瞪着，不过我要假装没看见。抵达洞窟入口前的我们理所当然地被附近的 A 班学生发现了。

虽然我本想着只要能直接看见洞窟内部就可以确认 A 班的状况……

但洞窟里有一片以塑料袋互相连结而成的巨大屏障，完全看不见里面。

"你们要做什么？是哪个班的？"

我记得这家伙是……第一天就迅速找到洞窟的两人组之中的其中一人，叫作弥彦。

另一名头脑聪颖的葛城不在。

"我是来侦查的。有什么问题吗？"

堀北好像改变了想法，堂堂正正地答道。她接着继续说道：

"我还想既然你们自称 A 班，想必会过着没有疏漏的生活……"

堀北看着用塑料袋覆盖住的洞窟入口，故意叹了口气。

"与其说是没有疏漏，倒不如说是卑鄙。这真是懦弱的做法。"

"什么？"

虽然这是浅显易懂的挑衅，但弥彦好像被激怒了，用焦躁的语气回应。

"我是D班的堀北。"

"我刚纳闷你们是哪个班的，原来是D班的啊。是一群头脑不好的家伙对吧。"

"对啊，我们脑袋不好呀。既然这样，那让我们看看这里面应该也无伤大雅吧？还是说，你们光是让我们看见里面就会陷入绝境？"

"这怎么可能！"

"那让我们看看也没问题对吧？打扰了。"

"等……等等！喂！我说等一下！你别擅自乱来！"

弥彦要挡住堀北似的绕至前方，然而堀北却在此说出锋利如刀的话。

"我只是要看看里面而已，这本身并不违反规则吧。"

"别开玩笑。A班正占领着这里，D班没有使用许可吧！"

"哦？你们占领着这里呀？我不知道这件事呢。装置在里面吗？"

"没……没错，所以你给我退下。"

"那么，考试里并没有不能进入洞窟里的规则。虽然占领状态下确实无法利用洞窟，但这与独占权利并不相同。照理我们也有观看内部，或者确认装置的权利呢。否则所有据点我们都能强行独占。这样的话就不成考试了。"

"唔!"

她无疑对名为弥彦的学生发出了犀利的攻势。

堀北一面把头发往后拨，一面打算剥下以塑料袋隐藏住的洞穴的面纱。

然而……

"你们在做什么，我可不记得我邀请过客人。"

一名高挑的男生从我背后经过，往堀北前方走去。我记得他的名字是……

"葛城同学! 这些家伙是来侦查我们的! 是肮脏的一伙人!"

"不过是塑料袋而已，你们还真是小题大作呢。我只是要看看里面。"

堀北回过头与这些男生对峙，没露出丝毫胆怯之色。

"那么你就别客气试着查看里面吧。同时你要做好准备。在你任何一根手指头碰到的瞬间，我就会将这当作对其他班的妨碍行为来向校方通报。我可不保证其结果会使D班变得如何。"

葛城的发言很可能是虚张声势吧。碰个塑料袋便失去考试资格的可能性很小。既然他都说会提出申诉，那这也就带有些许危险性。

"我也向他说明过了，这可是强行独占的行为。这并不是规则上保障的权利。"

"确实如此，这点我不否定。不过我认为这就像是一种潜规则。你们D班占领河流上的据点，而B班则占领水井。你们都是半独占一般的围着营地生活。又有谁踏入那里采取强硬手段了吗？"

葛城冷静且富有分量的发言让无话反驳的堀北停下了脚步。

"一个据点由一个班级占领，然后守护它直至考试结束并持续得分。你要是触及这条潜规则可会引起大混乱。当然，作为报复，A班也会踏入D班的营地。我们应该避免麻烦对吧？"

只要她无视这些发言，那她就可以完成侦查，然而这应该是办不到的吧。就如葛城所言，其他班级无意间也采取着强占一个场所的形式。要是去破坏这点也只会增加麻烦。堀北调头远离洞窟入口的屏障，随即走到葛城身旁。

"好吧，我会期待A班最后的成绩。"

"还真是有气势。那我也就来期待吧……期待D班的垂死挣扎。"

堀北结束简短的对话离去。其实是打算强行闯入却碰了钉子。

要是葛城没出现,堀北这时早就已经闯到塑料袋的另一侧了吧。

"弥彦,不要接受他人粗劣的挑衅。她的目的就是要强行偷看里面。只要把谁占优势、谁正确摊在眼前,退下的人就会是对方。"

"对……对不起。"

真没想到他会瞬间夺走败退之外的选项,逼迫堀北退下呢。漂亮、漂亮。

"看来A班现在就只能先放着不管,那地方确实无法调查呢。"

在他们占据洞窟这封闭性据点之时,隐蔽性方面就已经形同铁壁。

然而,就算他们再怎么想隐藏内部情况,我们所"获得的情报"也已经足够了。

自由的意义

我一直很在意高圆寺询问我和佐仓的那些问题，于是第三天上午我便离开营地，向森林深处出发。此时一名女生从我后方飞奔而来。

"呼……呼……呼……绫……绫小路同学，你接下来打算做什么呢？"

佐仓好像是发现我的动向才跑来的。

"我在树上绑了手帕对吧？我想去确认一下。"

其实我早就想去确认，但因为抽不出时间。

"我……我也可以跟着你……吗？虽然我很碍手碍脚……"

"最好别这么做吧？要是传出各种谣言你也会觉得困扰吧？"

"那种事我完全不在意哟。而且……（含糊低语）"

佐仓小声嘟哝着些什么。她的声音小到就算我把耳朵靠过去也无法听见。

"这不是什么好玩的事情哦。难得来到这样的岛屿，我觉得你好好享受一下会比较好……而且我本身又是个无趣的男生。"

我随便找了个借口打算拒绝佐仓的提议，然而……

"这……这样我会很开心嘛！"

佐仓的反驳超乎我的想象。

　　我因为她这强硬的发言而吓了一跳，接着与她的视线交错。佐仓随即蹲下并藏住了脸。

　　"啊哇哇哇哇！不是这样的！唔！哇！"

　　我完全不懂佐仓在说什么，我只知道她是个很有趣的人。只要她能对其他人展现这真实的一面，应该就没问题了呢。

　　"那么你要一起去吗？附带条件是就算你事后困扰也不会怪我。"

　　"真的可以吗？"

　　佐仓藏着脸如此回答道。这是怎样的互动呀……

　　我觉得路途中沉默不语很奇怪，所以决定抛出身边的话题来打发时间。如果只有踩踏土壤的沙沙声，那气氛会非常尴尬。

　　"你跟女生们相处顺利吗？这种生活要是独自一人的话无法过下去吧。"

　　"不，一点也不顺利……而且就连好好交谈也做不到。"

　　佐仓对不争气的自己感到难为情，一面用食指绕着头发，一面这么嘟哝道。

　　"我还真是没有用呢。读书跟运动都做不好，一点成长也没有。"

　　"没这回事，佐仓你确实有所成长了哦。"

　　"咦？我有成长？啊哈哈……没有呀。"

"真的。或许你自己不知道，但你确实正在一点一点地成长。"

我不仅通过言语，也用态度来向她传达这件事。这么做对佐仓这种没自信的类型效果很好，表现出这是我的肺腑之言，才能让对方内心产生共鸣。

佐仓停下脚步用摇曳的双眼凝视着我。

她在无意间想探求我的话中真意。

"没问题的。你马上就可以交到朋友，校园生活也会变得更加有趣。"

我们一对上眼神，佐仓就急忙撇开视线并低下头。

即使是一瞬间她也和别人对上了眼神。单就这个反应来说，也和我刚遇到她的时候有很大的不同。

"话说回来……那个男人好像在那次事件之后就离职了欸。"

那名男店员在校内的家电量贩店工作，是平面偶像佐仓的狂热粉丝……不对，是跟踪狂。他光是沉迷佐仓的个人网站还不够，甚至尝试私下接触。

"那时候真是谢谢你了……那是绫小路同学你的功劳哟。"

"我什么也没做。这只是因为栉田亲近你，还有堀北跟一之濑帮忙，你才会获救。而我只是个旁观者。话说，后来没发生什么奇怪的事情吧？"

虽然那个跟踪狂离开了学校用地，但也可能在网络上与她联系。

"嗯，没事。因为现在留言功能暂时停止了。"

这是为了以防万一吧。真是个明智的判断。

"话说回来，你平时明明就很胆小不安，但在当偶像时表情却很威风凛凛呢。"

"因为……基本上我都是自拍的。"

"那以前呢？杂志照应该不是自拍吧？"

听见这句话的佐仓有些难为情似的露出苦笑，接着回答：

"拍摄进行得一点也不顺利，我比别人要多花好几倍的时间。公司不仅要替我安排女性摄影师，还要尽可能地替我减少工作人员，而且……可能抹去自我时可以消去情感，因为那时候脑袋可以放空所以我才能够忍受。可是，最后也到了极限，因此我就停止摄影了呢。"

"呼——"佐仓一口气说完，而后吐了口气，调整呼吸。

跟踪狂的事应该在佐仓心中留下了巨大伤口，不过她开始往好的方向迈进。

眼前是枝叶稍微茂密的树林。我走到佐仓的前方，像在带路似的开辟着道路。假如佐仓因为枝叶倒刺而受伤那就糟了呢。接下来，前方地形开始变得崎岖，但我们还是继续走了一段路。之后我觉得休息一下会比较好，于是便回过头。

佐仓没料到我会回头而吓得肩膀哆嗦。

"休息一下吧，到目的地还要一段时间。"

在这种崎岖小路上行走三十分钟，佐仓很疲惫不堪吧。但她看起来有点开心。

我尽可能地寻找着能够形成凉快阴影的大树，接着在可供两人坐下的树根之间就坐。然而佐仓有所顾忌而打算坐在稍远处。不过地面凹凸不平，就算坐下应该也只会觉得很痛吧。

"你坐这里吧。"

"可以吗？"

"什么可不可以……你坐在那种地方也无法好好休息吧。"

"嗯……嗯！"

结束这种简短对话后佐仓便客气地在我旁边坐下。我们之间的距离大概是体育服袖子会微微接触到的那种程度。

"大自然还真是厉害……只是稍微走一小段路却要耗费非常多的时间呢。"

"一想到高圆寺看起来对这座岛屿不是很满意，就可以知道这里还算是校方好好修整过的地方。比起原始丛林，或许这里已经算是比较好的环境了。国外的丛林想必会伴随更多危险。"

"要出发的时候，我刚开始觉得非常郁闷。我没有

朋友，就算是旅行也根本就不好玩。我原本想窝在房间里，因为这么一来就会一如往常。谁知事情却变成这样，学校居然说这是场考试……"

佐仓将背倚靠着大树，一动也不动地仰望着天空。

"不过现在……我觉得能来这里真的是太好了。因为在学校里没有像这样跟你聊天的机会……"

坐在这座深邃的森林里，自然而然就沉浸在平静的情感之中。

"要是能一直这样就好了……"

"是啊。"

虽然才来无人岛第三天，但我和佐仓两人独处的时间最长。

这也是因为我们彼此都没有朋友吧。

我却不可思议地没感到空虚。就如佐仓所言，我们彼此之间的距离稍微缩短了。这并不是像恋爱之类这么遥远的事情。嗯，我们成为朋友了呢！说不定这是由于我开始切身感受到我们的关系逐渐改变的缘故。

"唔唔……真可惜呢。这时候要是有数码相机的话或许可以拍下最棒的一张照片……"

佐仓用双手拇指与食指做出稍大的相框，接着做出好几次把自己和我放入框框里的动作，然后露出很遗憾的表情。

要将回忆具体化，相机确实不可或缺。它会留下痕迹。

　　从在学校总是带着数码相机的佐仓看来，现在这个瞬间是绝佳的按快门的机会。

　　会留下痕迹吗？原来如此，我明白伊吹会带着相机的理由了。

　　"不过要是我入镜的话不就枉费这难得的风景了吗?"

　　"因为有绫小路同学你在才会感觉是最棒的一张照片……啊！不是！我的意思是……因为我没有和朋友拍过合照……"

　　佐仓连忙否定并摇着头。她还真是个真正的天然呆呢。关于这点，我有个确凿的证据。

　　我不经意地直盯着坐在我旁边的佐仓。佐仓刚开始没注意到我的视线，但由于我们沉默了很长一段时间，她察觉到了。我们一瞬间对上了眼神。

　　"什……什么事！有什么事吗!"

　　"冷静下来，安静。"

　　我用力按住快要陷入恐慌的佐仓的双肩。

　　"呀!"

　　然后将身体徐徐逼近佐仓。佐仓就犹如被蛇盯上的青蛙一般无法动弹。我把视线从佐仓脸上移开，注视着她的头发。

　　有只虫在佐仓的头发上爬。就算是不了解昆虫的我，只要看见那外形也可以轻易明白，那就是我们谷称的"毛毛虫"。近看真的非常恶心。它那上下蠕动的身躯以及无数的手脚就足以令人毛骨悚然。

它应该是从佐仓倚靠的树木上……从她头顶上方的叶子上掉下来的吧。那么我该怎么做呢？假如我现在告诉佐仓有只毛毛虫粘在她的头发上，将很可能造成她的恐慌并引起骚动。而要是毛毛虫钻入头发之间或跑到衣服里，那就会更严重。

"佐仓，我有件事想问你……"

"什……什么事……"

"你……你会怕虫子吗？"

"虫……虫子？"

"对，虫子。像蚱蜢或者蜻蜓这样的虫子。"

"完……完全没辙。我连蚂蚁都碰不了。"

"这样啊。哎，也是呢。"

看来我只能思考其他办法。

假如我能迅速帮她取下就好，但身为都市小孩的我也很怕虫子。

虽然这么说，但就算想捡来树枝勾起毛毛虫，要是我做出可疑举止佐仓也会发现。

"呃……我想想。总之你先不要动，好吗？"

"好……好的，我知道了……"

我仔细地如此劝告，把手从佐仓的肩膀放开。这段期间，毛毛虫也正一点一点拼命地移动着身躯，打算朝着某处前进。

毛毛虫也想平安无事地逃出那地方。我得想个稳当的方法。

"怎么了吗？"

我在思索对策时，佐仓觉得不可思议似的歪了歪头。毛毛虫好像因此感到自己有性命危险，于是拼命地移动，打算逃跑。啊，危险。毛毛虫，你不要乱来啊！

没时间犹豫了。现在即使要牺牲我自己，也不得不拯救佐仓。

我鼓起勇气坚持住发抖的右手，迅速把手伸到佐仓头发上。啊，这就是毛毛虫的触感呀。我快速抓起虫子，并将它扔到茂密的树林里。

对于我的一连串动作，佐仓完全没有意识到，不过我总算是成功保护了她。

"唔唔……讨厌的触感残留下来了……"

休息过后，我们一边随意闲聊，一边借助手帕标志抵达了目的地。这好像比我想象中还快，大约二十分钟就抵达了。我先回收手帕还给佐仓，接着就在高圆寺站过的地方重新观察起四周来。

这里与我们至今走过的森林，乍看之下并无差异。

这里有而其他地方没有的事物……究竟会是什么呢？

"你有没有发现什么？"

168

"嗯……到底哪里不一样呢?"

如果从视觉无法获得情报,那就只好依赖这之外的部分。

"总之先随机调查吧。但我们别走得远到看不见彼此的身影,要边走边定期进行确认哦。如果专心搜寻注意力很容易就会集中。"

我观察着从我所站位置无法看见的大树后方或者树根,以及头顶上方的繁茂绿叶与树枝,用手试着摸摸土壤,用鼻子嗅嗅不时吹来的暖风,并静静竖起耳朵。我动员能够使用的五官功能,连一丝微弱变化也不漏看地逐一确认。

"哇!"

佐仓在稍远处的茂密树丛里调查,从她的方向传来类似尖叫的惊叹声。树丛看起来很茂密,我只能看见佐仓的部分身体。她又跌倒了吗?

"欸,你看这个,我找到了很厉害的东西哟!"

佐仓说道,并有点兴奋地呼唤着我。我拨开茂密树丛一窥究竟,发现那里长着与树丛不一样的绿叶,而且还能看见一部分黄色果实。

"这是……玉米……对吧?"

"看起来是这样。"

然而,真的会只有这片区域长着野生玉米吗?

虽然我不了解植物,但这明显是不自然的事情。

栽种玉米的土壤与这片森林的土壤颜色有点不同。这点便能佐证它是人工栽种的玉米。

三百六十度被茂密树丛包围，而且因为杂草丛生很难被人发现的这点也很奇怪。

"高圆寺那故弄玄虚的发言指的就是这个吗……"

那家伙一开始就察觉到了这地方的存在，然后坏心眼地不告诉我们。不管怎样，从据点的情况看来，学校相关人员毫无疑问在进出这座岛屿。我试着摘下一根玉米，发现它就是普通的一般玉米。

正因为经由良好的管理，它才会长成这种漂亮的形状吧。

"要是带包包过来就好了呢……这应该没办法一次带回去吧。"

虽然数量大概不到五十根，但要一次抱走也不太可能。

必然需要往返好几趟才能搬完。于是我脱掉身上的运动衫。

"咦咦咦咦！你你你……你在做什么呀！绫小路同学！"

佐仓手上的玉米啪搭啪搭地掉落下来。她随即捂住视线。

"抱歉抱歉，要是我事先通知你一声再脱掉就好了。"

我以为她不会特别介意男人裸体，看来我对妙龄女子的顾虑还是不够。

"把运动衫的开口打结的话就可以代替袋子了呢。可以一次搬运更多的玉米。"

在离开这里之后，要是玉米被其他班级的人发现，恐怕会被采收掉。

我想尽可能地事先回避风险。

"我们一回去就向其他同学报告，请他们赶紧过来采收吧。"

"嗯！"

我们两个因为意料之外的大丰收而内心雀跃，但这时却出现了意想不到的访客。

"请你看看这个！葛城同学！有大量的食物哦！"

将注意力集中在玉米上的佐仓吓得双肩剧烈一震，马上绕到我身后躲起来。葛城看见佐仓这副模样便开口谢罪。

"抱歉，我们并没有打算吓你。他也没有恶意。请你原谅他吧。"

他对弥彦投以严厉的眼神，催促他道歉。弥彦表现得像是惹人生气的小狗一般向佐仓道歉。真没想到会在这种地方撞见这些家伙。虽然葛城没有对我有任何反应，但弥彦好像立刻认出我了。

"你不是昨天来当间谍的家伙吗？"

弥彦怒吼似的大声发出喊叫，佐仓因此再次受惊而缩着身体。葛城见状，用力在弥彦头上灌下一记铁拳。那貌似很痛的闷钝声响，就连我这边都听得见。

"我是 A 班的葛城，这家伙是弥彦。我们是第二次见面，这样自我介绍差不多可以了吧。"

"我是 D 班的绫小路，这位是佐仓。"

我们互相简短致意完，葛城就瞥了玉米一眼，然后迈出步伐。

"这是你们发现的东西，我不打算强行夺走，所以你们就放心吧。不过要是这里被发现，应该会有很大的可能性被人拿走。"

"那也没办法，因为我们只有两个人。"

除了祈祷这里别被发现，我们没有其他选择。采收所有玉米再藏起来也是一种办法，不过在我们采收期间，被人发现的可能性也不小。

"你们真笨欸，只要一方留下来看守不就行了。对吧，葛城同学？"

"搞不清状况的是你，弥彦。别小看在森林里单独行动的危险性。若是只有男人就暂且不说，假如是男女行动，无论如何行动上都会有所限制。"

葛城也正是了解到这点所以才没单独行动，而是和这名叫作弥彦的学生一起行动。

"我们也来帮忙吧。"

"你……你是认真的吗，葛城同学？居然要帮 D

班……"

弥彦虽然表现出理所当然的抗拒，但一察觉到葛城锐利的目光，他就把话吞到了喉咙深处。

"这是个很令人感谢的提议，不过我们被班上领导者交代要小心行事。要是被班上知道我们依赖A班，可是会惹他们生气的。抱歉，请容我们拒绝。"

这是我瞬间编出的谎言，但葛城被我这么一说应该也只能作罢。

"原来如此。既然这样那我也不能再多说什么。不过你们能够信任我们吗？我们也可能在你们离开之后拿走所有东西。"

"那样的话我们也只能拿着手上的这些玉米乖乖放弃。"

我这么答完，葛城就静静地离开了。佐仓好像很不安，我们还是赶快回去吧。

我和佐仓一回到营地，就报告了发现玉米的这件事情。

"干得好欸！绫小路！还有佐仓！我们赶紧去拿吧！山内！"

池向附近的山内搭话。山内一发现我和佐仓就猛冲过来。他粗鲁地抓住我的手臂，用要推倒我一般的气势，让我远离佐仓。

"你、你、你！你为什么裸着上半身跟佐仓两人独处！这是怎么回事！"

"冷静点，这可是天大的误会。我什么也没做，你放心吧。"

虽然我不知道他正在进行怎样的妄想，但现在可不是理会山内的时候。

"我有些话要跟平田说，抱歉啊。"

"我可是相信着你哦！绫小路！"

我走过如此大声扬言的山内，向平田报告玉米的事。

接着，我们立刻把在营地的学生组成队伍，将人数调整成能够一次把玉米拿回来的队伍就再次出发。应该也有顺便搜索其他地方跟寻找食物的这些目的吧。

当他们结束所有采收并回到营地，已经快下午一点了。

"还真的有玉米呢！"

同学们的包里塞满了玉米，数量看起来并没有减少。

"只不过有点危险呢。那家伙……A班那个叫作葛城的男人就在附近。"

看来葛城没有带走玉米，而是留在那个地方帮我们看守。这不是出于善意或恶意，而是因为葛城就是这样的男生。

寂静地开战

无人岛生活迎来了第四天。班上在迎接折返点之后就开始一点一点地产生变化。现在已经听不见那些曾经大肆吵嚷过的抱怨。回过神来，这里已经成了欢笑声不断的地方。这里有我们找到的玉米，加上池他们钓到的鱼，也已经没人抗拒饮用河水。另外还有同学找回来的水果等食物，我们比计划中还省下了更多点数，眼看就快要熬过这场考试了。

包括中途退出等问题在内，目前我们使用的点数大约维持在一百点。照这样顺利进行下去的话，应该可以留下相当多点数并就这么结束考试吧。这对于考试开始之前的D班而言，是个让人非常能够接受的数值。曾经身为最大反对派的幸村，也不会抱怨了吧。没错，没有一个学生对这结果不满。

我的脑中有某样东西如针扎似的隐隐作痛。

我偷偷借来圆珠笔，把它和折起来的纸张一起放进口袋，接着离开营地。我为了弄清这座自己几乎一无所知的岛屿而开始行动。

虽然这只是我个人的猜测，但是若要详细列出这场特别考试的内容，我觉得其中八成是要确认班级内部有无合作关系的"防守测验"。然后剩下两成则是考验对其他班级的侦查以及情报搜集能力的"进攻测验"。

　　不过，这八比二的占比并不会就这样反映在考试结果上。其实那两成才是足以大幅左右考试结果的要因。

　　目前我们已经掌握了各班的应考方针。那么，要做的事情不用说，当然就是对其他班级发动攻击。

　　因此，我开始往 A 班的营地走去。就如 D 班以河边为中心来行动，A 班应该也是把洞窟周围当作活动范围。

　　葛城并非单纯地在最开始就占领洞窟。洞窟这据点的真正魅力不是能够遮风避雨，而是这个地点本身就有意义。

　　我在森林里徘徊一段时间之后，隐隐听见海浪的声音。我加快脚步，就这样穿越树林，成功地来到海岸。

　　"噢……"

　　我紧急停下脚步，因为前方是没有立足点的悬崖。

　　"我记得从船上看见的地方……是在这下面。"

　　当时我隐约看见距离洞穴相当近的地方有着好几项设施。

　　我心想说不定有可以绕道下去的路线而沿着悬崖走，接着就在很容易看漏的死角里发现了一架梯子。我抓住梯子用力拉扯，它被牢牢钉上，相当坚固。于是我顺着梯子往悬崖下方前进。

　　这是个在登岛前没先发现就找不到的地方呢。不久我发现一座小屋。小屋门口装有证明它是据点的装置。

我从窗户窥视屋内，看见了鱼竿等道具。也就是说，通过占领这个地方，即使不向校方租借钓具也可以捕鱼。

我接着确认了是否可以占领……结果如我所料，上面的文字是Ａ班。剩余时间大约是四小时。

葛城他们占领洞窟后就来占领此处……这么理解应该不会有错。

这个据点要是没在船绕行岛屿时发现的话，那我们根本就不知道它的存在。

小屋在悬崖的正下方，因此占领的瞬间也不用担心被周围的人看见。

室内的道具没有被碰过的迹象，上头堆积着灰尘。也没看见它被当作营地来使用的痕迹。我从口袋里取出地图，标记小屋的位置。虽然只有粗略的位置，但要准确测量地点，想必要大量的时间。

我标完记号就再次折起纸张，接着把它收进了口袋。

这里除了小屋之外什么也没有，于是我再次使用梯子返回原本的道路。

"绕行岛屿时我似乎在那里看见了一座塔……"

凭着记忆，我再次环顾四周，一面注视着有人踩踏过的地面，然后循着足迹似的进入森林。

不久后，我抵达一处有着高台的地方。这里也是据点吗？

要是爬上装设的梯子似乎可以一览海边，不过我不认为它是那么有用处的设施。也就是说，这当中也有不怎么派得上用场的据点吧。

　　我为了确认装设在设施墙上的装置而靠近它。这里的终端装置和刚才那个不一样，处于没被占领的状态。这项设施的存在本身就很巨大，虽然说位于内陆，但却比较容易让许多学生找到。换句话说，也不知道现在会有谁在哪儿监视着这里。他们应该也发现了这个据点，不过却没占领。这当中差别就在于有"会被敌人发现的可能性"。

　　葛城是个谨慎的男生，只会采取踏实战略，他不会贸然靠近身边的甜蜜诱饵。

　　尽管处于无风状态，我却发现附近的茂密树林突然正在摇晃。

　　"看来不占领的理由并不只是为了慎重起见……"

　　"你在那里做什么，这里可是我们A班的地盘。"

　　两名男生像在等待猎物落入陷阱似的从茂密树林之中现身。

　　我离开终端装置，但他们就像是要夹击我而包围过来。一人随即上前察看终端装置的情况。应该是要确认是不是我占领了据点吧。

　　"你是谁？我没见过你呢。"

　　看来我这自称是"躲在石头背面的鼠妇"之D班见不得人的存在，并不广为人知。（注：鼠妇是一种喜欢

藏在阴暗潮湿处的昆虫）

　　眼前的男人手上拿着树枝，像是把它当作武器一般伸向我的喉咙，并且恐吓似的叫我报上名来。

　　"我是D班的绫小路。"

　　我立刻屈服于这些威胁，当然毫无保留地报上了姓名。

　　"我们来调查他有没有携带可疑物品吧。"

　　他们就像盘问嫌疑犯的警官一般包围过来，然后把手伸进我的口袋，检查我的脚踝有没有藏着什么东西。

　　"这并不是暴力行为，你懂吧？"

　　这问题应该只存在一种回答，我点头答复。

　　他们从我身上搜出的物品有圆珠笔以及折起来的纸张。那两样东西都被他们发现了。

　　"为什么要带圆珠笔？手绘的地图吗？"

　　他把我粗略画下的岛屿以及记载有无占领的部分面向我。

　　"还给我。"

　　我虽然伸出手，但是他们也不可能老实还给我，我抓了个空。

　　"你的目的是什么？你是单独行动的吗？"

　　对方对我抛来疑问，我则陷入了沉默。过了三秒、四秒，我像在逃避沉默气氛般如此出声：

　　"我不能说。"

　　"原来如此。不能说也就代表着有人在幕后操纵着你，对吧？是你们D班全班策划着什么事情吗？还是说只有一部分人呢？"

　　这情况就犹如警察质问嫌疑犯。我接二连三地被他们追问。

　　"我不能说。要是说出来……我就回不去了。"

　　"身为小喽啰还真是辛苦，绫小路。哎，好吧。不过，虽然我不知道你被托付了什么任务，但你可别再做出这种多余的举动。给我乖乖地待在你们的营地。"他们把圆珠笔丢到我脚下，却把纸片拿走了。

　　这些家伙并没有权利命令我，但他们的态度非常强势。

　　"我还有一件事想问你。你要是说出你们班谁是的领导者，我们就会给你一定的报酬，而且金额高达十万，甚至二十万。"

　　"你们是要我为了钱而卖掉班级吗？"

　　"要怎么理解我们的话是你的自由，不过我们也会给其他人同样的提议。我话先说在前头。这么一来，谁先说谁就获得报酬。"

　　A班的这项战略基本上没风险。这是个只要有充裕金钱便可能实现的简便方法。虽说概率很低，但也不能完全排除会有学生因利欲熏心而出卖伙伴的可能性。

　　"总觉得这令人难以相信。你说要给钱，那是要怎么给？这里也没有手机吧？"

"我们确实无法立刻支付酬劳，有必要的话我们也可以写下字据。"

换句话说，他们打算签下契约，考试结束之后再把钱……也就是个人点数汇给我吗？

"字据啊。我想请问一下……要是我告诉你们，我能得到多少点数？"

"这就要取决于你的态度了。"

"能让一个信得过的人来处理吗？比如说葛城之类的，或者是坂……"

我说出这名字的瞬间，一名男生突然脸色大变。

"你为什么要提到葛城的名字？"

"我听闻A班的代表人物是葛城。"

"别笑死人。A班的代表人物是坂柳，才不是什么葛城。你可以走了。"

A班学生们的模样看起来就像是在说"没你的事了"而让出路。看来起码这两人是葛城的敌人。那这些家伙是听从坂柳的命令行动的吗？还是说做出指示的人是葛城？这件事有必要弄清楚。

1

我为了掌握C班的状况而来到海边，环顾他们的营地。昨天为止都还在狂欢的此地已变得相当冷清，门可罗雀。

"哎呀！真是让我大吃一惊呢。虽然我觉得他很不寻常，但没想到居然会做到这种地步。"

当我正漫不经心地盯着这副光景时，从我身后走来的二人组向我攀谈。

"你也是过来侦查的吗，绫小路？"

原来是 B 班的一之濑与神崎，他们两个也是来探查 C 班的状况的吗？

"我是负责出来搜寻食物的，在森林里进行搜索时，不知不觉就来到了海边。"

"就算现在是白天，单独行动也很危险呢。"

我收到来自一之濑的温柔劝告，我也只能附和她的话。他们两人一边藏身于阴影之下一边查看 C 班的情况。他们会躲起来也代表有这么做的理由。

"哎呀，完全没人了。就像神崎同学所说的，这好像是中途弃权的战略呢。"

她挠挠脸颊，遗憾地叹了口气。

"我原本打算猜猜 C 班的领导者。但这样应该就没办法了吧？假如他们全班都撤离，那我们连线索也没有。"

"我想了想，C 班已经用光点数了，对吧？所以就算我们看穿他们的领导者是谁，他们是不是也不会受到惩罚呢？"

"既然学校说不会对第二学期造成负面影响，那他们就不会变成负分吧。"

一之濑觉得有些无趣而嘟起了嘴。

我们三人环视的C班营地已经空无一物，前方只有一片虚无的空间，只剩下校方在角落设置的帐篷。

虽然仍有几名学生正在海边玩耍，不过这应该也只是时间问题了吧。

"虽然用光所有点数的战略不值得夸奖，可是这也相当厉害呢。"

"这种事情就算想到也不会去真的去做。这是场累积加分的考试，龙园在放弃的那一刻就已经输了。"

一之濑与神崎用好像有点同情的表情面向变得空无一人的海边，并说道。

"猜测谁是领导者，难易度果然非常高呢。办不到办不到。"

"乖乖放弃并脚踏实地度过考试似乎比较好。"

"嗯嗯，对我们来说踏实的战略是最好的呢。"

这两人说的话不知是真是假。他们把自己的应考方针毫无隐瞒地讲给我听。

一之濑他们领悟到侦查C班没有什么意义，便将视线移开海边。这正是个好机会。我原本打算询问平田或栉田有关坂柳的事情，不过如果是一之濑他们的话，应该对此更了解。我现在想尽可能避免做出会让D班学生们发现自己行动的举止。

"我偶然听见了一些消息，A班现况是葛城与坂柳的团体彼此对立，是吗？"

"关系不好是事实呢，他们之间的冲突好像相当激烈。这怎么了吗？"

"不，我只是接到堀北的命令有时间就去调查这件事情。她说瓦解A班的机会就在这里。即使冲突再怎么激烈，他们在考试上还是会联手吧？"

"与其说联手……因为这次就是坂柳同学缺考呢。现在是葛城同学一个人在努力哟。所以所有意见应该都是葛城同学在统整，对吧？"

一之濑歪头寻求神崎的意见。真没想到那名叫坂柳的学生会是缺席者。

"葛城是个聪明的男生。假如坂柳不在，葛城也不是坂柳手下的人能够抵抗的人物。他们应该不会做出那种内部分裂的行为吧。因为这么做也没好处。"

如果是这样的话，刚才那两人就是依葛城的指示在行动。

"是呀，应该就是这样没错。不过跟着坂柳同学的学生们很不开心吧。那两人的性格是两个极端，所以意见绝对会产生分歧。"

"两个极端？"

"革新派与保守派？进攻与防守？他们的想法完全

不一样，所以好像总会起冲突。一想到 A 班在那种状态下还能表现不凡，我就觉得很可怕呢。因为要是 A 班顺利统一步调就能发挥出 A 班的真正价值。"

"原来如此啊，我之后会转达给堀北。真是的，我很想叫她自己调查，但她就是很会乱使唤人呢。噢……刚才那句话请你们当作没听过。要是惹她生气会很麻烦。"

"哈哈，我会保密的。不过真不愧是堀北同学呢，着眼点很好。那两个人要是完全对立并激烈争执，那就算自我毁灭也不奇怪。哎，虽然现阶段我们什么也做不了。"

神崎看了看手表，确认了时间，向一之濑提议差不多该回去了。

"我也差不多要回森林找食物了，要是空手回去可是会惹人生气的。"

"那就这样喽。我们彼此都要小心别受伤，一起加油吧。记得千万别乱来哟。"

一之濑对我这么说道。我小声答了一句："谢谢。"

2

那是无人岛特别考试开始不久前发生的事情。我就讲讲第一学期结业式那天的事吧。

当时我欢欣鼓舞，因为我正细细品味着人生第一次能尽情享受暑假的喜悦。

　　然而，手持镰刀的死神要夺走我那份喜悦似的，毫无预警地现身了。

　　"绫小路，回去之前我有些话要对你说，请你到辅导室来一下。"

　　茶柱老师在班会快要结束时留下这些话便离开了教室。

　　"什么啊，你干了什么坏事吗？"

　　收拾好书包准备回家的须藤前来询问。

　　"我不记得欸。"

　　"是呀，因为你平时可是过着普通且脚踏实地的低调生活呢。"

　　"什么嘛，用这么挖苦人的说法。"

　　"挖苦？我可没这种打算呢。难道你是这么认为的吗？"

　　讨厌的家伙……我受伤的心灵因为悲伤而落泪。

　　这么说来，须藤只是出于担心才前来搭话的好家伙。对吧！须藤！

　　"欸，堀北。你暑假……有空吗？有时间我们一起出门玩吧。"

　　须藤坐在我的桌子上一心专注于堀北……看来他完全没在担心我。

　　"为什么？"

186

"这……马上不是暑假了吗？要是不好好享受，那可就亏大了吧。我们可以去看看电影、买买衣服之类的。"

"真是无聊呢。这和暑假也没有关系。说起来，你为什么要邀请我？"

"你……你问我为什么。为什么你在这方面迟钝成这样啊……"

面对打从心底不解的堀北，须藤用力挠头。但他随即转换了心情。

"所以就是那个啦。男人在假日时邀约女人也就意味着……"

虽然我也很想见证须藤的这份努力，不过茶柱老师叫我过去。

讨厌的事情最好赶紧解决。

"喂，你要去哪里啊？"

我不知为何被须藤叫住。

"去哪里？我刚刚被老师叫到辅导室。"

"晚点去应该没关系吧？再陪我一会儿。"

他这动作真的令人非常恶心。他粗壮强健的手臂抓住我的手腕不放。

"你就陪着我战斗吧，然后好好地辅助我。"

"你不要说些乱来的话啦……"

"再见。"

堀北在我们进行无聊争论的时候，就收拾好书包并离开座位，毫不犹豫地离开教室。须藤目瞪口呆地目送堀北离开。

"可恶，又失败了。我去社团活动好了。"

堀北这个目标人物一不在，须藤就释放了变得不需要的我。

我抵达辅导室前，就看见茶柱老师靠在门上低头等着我。

"进来。"

"我完全不明白您叫我过来的理由。"

"里面说。"

我的忧郁度仪表因为被老师反复简短回话而向上飙升。

要是她能说出像是"让我看看宴会上表演的拿手绝活"这种话，并让我表演搞笑桥段就能结束约谈，那就太好了。

"虽然听见辅导室会让人有种不愉快的印象，但这里令人意外地是个不错的地方。要说为何的话，那就是因为这里不会有人监视。这是校方顾虑到师生经常要讨论涉及许多个人隐私的事。"

这么一说，室内确实没看见该有监视器。

"所以您要说什么事呢？我现在要去制定暑假计划，可是很忙的。"

"这话还真可笑，你应该没有朋友吧？"

"不不不，这说得有点太过分了吧。我可是有几个朋友的哦。虽然人数用两只手手指就数得完，不过重要的不是人数。"我如此辩解道。

说起来就算我要制定暑假计划，有什么奇怪的吗？

"我今天会叫你过来是想让你听听我的人生经历。"

茶柱老师的人生经历？这还真是超乎想象。

我不懂她点名要我来听她讲这种事情的理由，何况我也没兴趣。

"这是我当老师以来，从没对任何人说过的话。你就把这当成是我的胡言乱语吧。"

"在这之前我先去泡杯茶吧。您的喉咙也很渴了吧。"

我从折叠椅上起身，接着打开茶水间的门。里面似乎没人……

"这些话我并不打算让其他人听到。你要是明白了就回到座位上吧。"

"也是呢。"

我就这样关上茶水间的门，回到茶柱老师面前。

"你们D班学生是怎么看待身为班主任的我？"

"又是个抽象问题呢。我认为您是个美女……请问我能这么回答吗？"

老师虽然面不改色，但我一开玩笑，肌肤就感受到她所流露出的杀气。

"呃……如果不介意我拿其他老师来比较，那我觉得关于 D 班的前途，您似乎并不关心，是个对学生没兴趣的冷淡老师。差不多是这样吧。"

她既不像 B 班班主任星之宫老师那般友善，也没有 C 班班主任坂上老师那种积极帮助学生的态度。

"我说错了吗？"

"不，就如你所说的，我并不打算否定。不过这并不是真相。"

茶柱老师稍作停顿，接着就像回想起什么事情一般，仰望天花板。

"我以前也是这所学校的学生，和你们一样都是 D 班。"

"真让人意外，我还以为茶柱老师您肯定是个优秀的人物呢。"

"是吗……我们那时候不像现在有这么极端的差异。当时并非三足鼎立，应该要用四足鼎力来表达吧。直到临近毕业的三年级第三学期，A 班和 D 班的差距就连一百点也不到。那是场势均力敌的比赛，班级甚至会因为一个微小失误而崩毁。"

茶柱老师不是在吹牛，她的说话方式反而比较像在后悔过去。

"那么也就是说那个微小失误发生了，对吧？"

"对，失误突然到来。D 班因为我犯下的错误而被

190

打入地狱，结果升上Ａ班的梦想一下子全都破灭了。"

虽然我觉得遗憾，但是忽然和我说这种过去的话题，我也很伤脑筋。其实应该说感觉很不自在。

"我不明白，这些人生经历跟我有什么关系吗？"

"我认为为了升上Ａ班，你是个不可或缺的存在。"

"我还在纳闷您要说什么事呢，您这是在开玩笑吧。"

被您不自然地抬举、夸奖，我觉得很开心……我不可能说出这种话。

"几天前，有个男人联系了学校，说要让绫小路清隆退学。"

茶柱老师身上散发出的气场突然急遽改变。也就是说从这里开始才是正题。

"让我退学？这还真是莫名其妙。虽然我不知道那个人是谁，但校方不能无视本人意愿就让学生退学吧？"

"当然。无论第三者说什么，我们都无法让你退学。只要你是这所学校的学生，你就会受校规保护。不过……假如你犯了错那就另当别论了。抽烟、霸凌、偷窃、作弊。如果你传出什么丑闻，退学就无可避免。"

"很遗憾，我并不打算去做这些事。"

"这与你个人的意志无关。也就是说只要我是这么认为的，那么一切都会成真。"

"难不成您是在威胁我？"

我才在想她的措辞很可疑，原来就是这么一回事。

"这是个交易，绫小路。你为了我而把升上Ａ班当作目标，我则为了保护你而给予全面性辅助。你不认为这是个很好的交易吗？"

我从遇见她的时候开始，就觉得她是名奇怪的老师，但真没想到她居然会威胁自己的学生。

我岂止吓得目瞪口呆，这种事简直令我发笑。

"我可以回去了吗？我不打算再继续听下去了。"

"很遗憾，绫小路。那你就会被迫退学，Ｄ班则永远抵达不了Ａ班。"

她的说话方式、态度完全不留余地，这个女人是认真的。

她为了自己未能完成的梦想而打算利用我。

"我再问你一遍吧。你要以Ａ班为目标还是要退学？你自己选吧。"

我将左手按在长桌上并挺出身体，揪起了茶柱老师的衣襟。

"我回想起堀北对你表示不悦时的事情了。她的心情跟我现在应该很类似吧？这就好比穿着鞋子走进别人家里一样。"

"是啊。"

迄今为止都一直很强硬的茶柱老师自嘲似的笑了。

"我对自己也很惊讶，我发现自己竟然还没放弃升上Ａ班。"

虽然只有一点点，但总觉得她的双眼有些湿润，感受不到平时的冷淡。

茶柱老师握住我那双仍揪着她衣襟不放的手臂，眼神随即恢复以往的坚定。

"我本来觉得你自发性引领 D 班就好，可是现在已经没有时间再给你犹豫了。你现在就在此做选择吧。你要帮，还是不帮？"

《星球大战》的主角卢克，拒绝冒险的邀约，选择回到叔叔的农庄。可是最后还是被卷入战火的旋涡之中。这就是所谓的命运。

这女人的往事只能相信一半吧，我也不知道她的话里有几分真。

"您说不定会后悔哦……对于您想利用我的这件事。"

"放心吧，我的人生已满是后悔。"

这就是快放暑假时发生的麻烦事。这是我一点都不想去回想的事情。

虽说如此，但是以我立场来说，我也不能失去现在的校园生活。

为了守护自由而舍弃自由……这实在很愚蠢。

虚假的团队合作

当我正熟睡时，帐篷外传来女生听起来很不高兴的声音。

"欸，男生们，能不能集合一下？"

女生说完后还不断说出"快点起来""给我出来"等，感觉相当蛮横。

天亮才睡着的我一边揉着疲倦的双眼，一边慢慢起身。

"到底怎么回事……我超困的。"

我和烦躁的须藤互相对视，接着走到帐篷外。

"怎么了？"

"啊，平田同学……抱歉，可以请你叫醒所有男生吗？大事不好了。"

筱原抱歉似的向平田搭话。

不知道她是正在慌张，还是正在生气，总之从筱原的模样看来情况非同小可。

女生们在稍远处瞪着我们这边。

"我知道了。刚才你们也来叫过，我想大家马上就会出来。"

约莫一两分钟后，男生们一面搓揉睡眼惺忪的双眼，一面出了帐篷。

睡傻的男生看见集合在帐篷外的女生们，才察觉到

194

情况非比寻常。

因为女生看着我们男生的眼神异常恐怖。

"这么一大清早的，怎么了呀？"

"对不起呀，平田同学。虽然这件事和平田同学你无关……但我们有件必须确认的事情，所以才会集合男生。"

除了平田之外，筱原对我们所有男生投以蔑视的眼神如此说道：

"今天早上……轻井泽同学的内裤不见了。你们知道这是什么情况吗？"

"咦……内裤？"

平常总是很冷静的平田，对意想不到的情况也表现出了动摇。

这么说来，确实没看见轻井泽及部分女生的身影。

"现在轻井泽同学正在帐篷里哭，栉田同学她们在安慰她……"

筱原这么说完，就往女生的帐篷方向看过去。

"咦？咦？什么？为什么要因为内裤不见而瞪着我们啊？"

"这还用说吗？就是你们当中有人半夜乱翻包包偷走的吧。因为行李就放在外面，只要想偷就能偷呢！"

"不不不不！咦！咦！"

池急忙交替看着男女生。一名男生看见他这副模样，便用冷静的声音嘟哝道：

"话说回来，池。你昨天……很晚才去厕所对吧。还花了蛮久的时间。"

"不不不！那是因为光线很暗所以费了一番工夫！"

"真的吗？偷轻井泽内裤的不是你吗？"

"才……才不是！我才不会干那种事！"

男生们之间开始互相推诿这个讨人厌的罪名。

"总而言之，我认为这可是个相当大的问题哦。要我们跟当中有内裤贼的一群人在一个地方生活，这根本就是不可能的事情。"

筱原一副随时都会发火地双手抱胸忠告道。

"所以，平田同学，能不能请你想点办法戎出犯人呢？"

"这……但并没有证据显示就是男生行窃。应该也有轻井泽同学自己弄丢的可能吧？"

"对啊对啊！这跟我们没关系！"

平田身后的男生一齐大声诉说自己无罪。

"我很不愿去怀疑这之中会有犯人。"

与其说他是在包庇男生，不如说他是不想怀疑同学。

"我知道平田同学不是犯人……不过请先让我们检查男生的行李吧。"

看来所有女生的想法都没改变，她们断定男生中肯定有犯人。哎，她们会这样想也很自然，所以这也无可厚非。

"什么？别开玩笑，我们可没必要接受这种事情。拒绝吧，平田。"

"我们男生要先集合商量一下，能不能给我们一点时间呢？"

"既然平田同学你都这么说……我知道了。我也会去向轻井泽同学说说看。不过要是你们没找到犯人，我们也会有我们自己的想法。"

筱原留下这些话，现场就暂时解散了。

平田马上再次集合所有男生，决定在帐篷前进行讨论。

"我们就无视女生说的话吧。被怀疑的感觉还真糟，我可是会跟她们奋战到底的。"

本以为池在第一天得到女生们一定程度的信任，但看样子这终究是徒有其表。被毫无根据地怀疑的男生们不愉快也是理所当然。

"再说我们又不可能去偷轻井泽的内裤。"

"对吧？"山内和其他男生们也接连这么说道，彼此面面相觑。

这应该不是因为轻井泽不可爱，而是与其把身为平田女友的轻井泽当作目标，不如瞄准栉田或佐仓。

"我也不打算怀疑你们，但是我认为这样解决不了问题……"

在对面结伙讨论的女生甚至好像随时都会猛扑过来。

"为了证明自身清白，正大光明地接受行李检查好像会比较好呢……"

平田这么说完，就拿出自己的包。

"我很没出息地接受女生的要求，你们于是也无可奈何地配合我的脚步……这样应该可以吧？"

"可……可是……"

"当然，我会率先打开包。"

他应该是在想要让别人有所行动就只能由自己开始。不过不仅是女生，包含括男生在内，大概没人会认为平田就是犯人。

说起来偷走自己女朋友的内裤，在某种意义上也可以说是很矛盾。

但要是第一个人像这样打开包包，那后面的人也会不得不照做。

因为不愿接受行李检查的学生一定会遭受怀疑。平田的包当然不可能会放有什么内裤。

"真没办法……"

男生们受平田行动影响，而接连到帐篷前拉出行李。

池和山内虽然一直都很不情愿，但即使这样他们也无法打破现在的局面。包含我在内的三人成为最后还没受检查的男生，于是无奈地往帐篷走去。我也跟在这两人后面。

"可恶，真是火大。居然毫无证据就怀疑男生。真是太不讲理了。"

"哎，事情都变这样了，我们就堂堂正正地证明自身清白给她们看吧。"

池抓住包正打算站起时，忽然间停下了脚步。

"怎么啦？"

"啊，不……"

池突然背对着平田他们一屁股坐下，确认包里面，接着慌张似的拉上拉链。

"宽治？"

池脸色发青，身体僵硬，就像被牢牢束缚住似的静止不动。

"喂，我们快点走吧。"

山内看见模样可疑的池，而半开玩笑地如此说道：

"该不会是你偷的吧？"

"才……才不是！"

池急忙否定，抱着包，摇头。

再怎么说我们也没迟钝到不去怀疑这明显的反应。

"你该不会……"

"什么啊，你在怀疑我吗？"

"不，不是这样……给我们看一下你的包吧。"

"啊，喂！"

山内迅速抓住包，检查池的包。结果那里……藏着一团男生绝对不会穿着的白色内裤。

"不……不是我啦！这好像是有人擅自放进我包里的！"

"你呀，这种借口可行不通……"

山内对池手足无措的模样投以怜悯的眼光。

"就说我不知道嘛！这是真的！为什么我的包里会有内……内裤啊！"

"这样很难看哦。总之我们先去向平田他们说明吧。"

"什么！要是这么做，我不就会被当成犯人了吗？"

"不一定……吧？"

山内向我寻求同意，但这是怎么回事呢？

轻井泽的内裤在池的包里，所以池就是犯人？

事情应该没有这么简单。

姑且不论犯人是何时、如何偷走内裤的，行窃的犯人一般是不会把内裤藏在自己包里吧。要是隔天引起骚动大家肯定会开始搜寻犯人。即使作案时欠缺冷静，但说要打开行李检查的时候，犯人照理说会很慌张。然而，当时池身上却一点也看不出这种模样。

因此犯人另有其人，并把内裤藏到了池的包里。

只要池不是蠢到极点的笨蛋……是不会把赃物放到自己的包里的。

"欸，绫小路，你相信我没有行窃对吧！"

"冷静思考这种状况，没有证据能够断言池就不是犯人。"

"绫小路！"

"不过，池就是犯人的可能性不能说是很高。假如他是犯人那就太愚蠢了。"

"确实是这样没错啦……那么是怎样呀？难道有人把它放进宽治的包里？"

"也只能这么想了。"

"喂，快点啦。"

平田他们那里的一个男生抛来这句话。

"怎怎怎怎……怎么办！真的糟了！"

要是现在赃物被发现，男生姑且不论，女生则会断定池就是犯人吧。

"总之现在只能先藏起来。"

"你说藏起来，是要藏哪里啊！根本就没有地方藏啊！"

确实无法藏好它。如果去厕所或帐篷里会被人看见，监视着我们的女生也会加强疑心，并搜索那些地方吧。

最重要的是我们在这个地方耗了太多时间，就算已经被怀疑也完全不奇怪。

"应该只能先放进口袋里了呢。"

我能给的建议就只有这些。现在既没时间把它放到自己的内衣或鞋子里，也没有东西能够遮住可疑的动作。

"没……没办法啦！我……我已经都这么恐慌了！"

即使如此现在应该也只有藏起来的这条路吧。

"那绫小路这就交给你了！"

池这么说完，就从包里取出卷成一团的内裤，迅速地硬塞到我的手上。

"什么？"

"你认为藏起来比较好，那你就帮我藏，好吗？"

"不，这……"

"喂，快点！"

"我马上过去！"

"那就麻烦你了。"池这么说完就跑掉了。

"我可不想被卷进去。"山内也这么表示，并且赶紧跟着池跑掉了。

"喂喂喂，真的假的啊……"

即使是我，也冒出了一些冷汗。

虽然这么说，可是就算我待到最后，情况也只会恶化。

如果要藏起来的话，我会想藏在难以调查之处。但可不能只有我一个人花费这么多时间。

我心想已经没时间思考，于是就边拿着包边把它塞入口袋，前往平田他们身边。

"抱歉抱歉。我的包有点脏，刚才在用手拍掉泥土。"

池这么解释，接着丢出包。

"要检查就检查吧，我可是无罪的呢。对吧，山内？"

"哦，是啊。"

他们两个光明正大把包放着。平田简单知会一声，就开始检查起包。

我也轻轻地放下包，并离开那地方。

接着，平田检查完所有人的行李，就呼唤双手抱胸等待着结果的筱原。

"我检查完所有行李了，但果然还是没有。"

"真的？"

"嗯，没错。男生们果然不是犯人呢。"

"等一下。"

筱原往我们这边靠过来，开始检查起帐篷里面。

她正在怀疑内裤是不是藏在什么地方。不过那东西当然没有出现。

筱原检查完两顶帐篷之后，就回到了女生身边说起悄悄话。

"平田同学，犯人说不定会把它藏在口袋之类的地方吧？而且刚才池同学、山内同学还有绫小路同学在鬼鬼祟祟地说话，这也很令人怀疑。"

要说这是理所当然，确实也是理所当然。女生向我们要求进行彻底检查。

"你们别得寸进尺了！"

对于进行反驳的池，包含筱原在内，女生们同时开始发动攻击。

"池同学你从刚才开始就很奇怪，该不会真的藏着内裤吧？"

"什么！我……我怎么可能藏着啊！你们想检查就检查啊！"

池两手拉出口袋诉说自己的清白。喂……你如果像那样诱导的话……

"那就让我们检查。平田同学，能麻烦你吗？"

"我知道了，如果这么做你们女生就能接受的话。不过，要是这样也没找到，我希望你们就不要再做出怀疑男生们的举动。"

这是最糟糕的发展。我跟池、山内三个人在女生的监视之下开始接受身体检查。

池和山内身上根本不可能会出现内裤，因此他们面对平田慎重的检查也毫不动摇，接受彻底的检验。接着终于轮到了我。

这状况已经就连抵赖也都没办法。如果由我自己拿出来，说不定下场会好一些。

不，这应该不可能。我已经无计可施。既然如此，即使是百分之一的概率也好，我就赌平田放过我的那个可能性。

我就像条死鱼一样一动也不动，决定接受平田的检查。

"抱歉啊，我马上就会结束检查。"

平田完全没有怀疑我。他从我的上半身开始慢慢进行确认。

接着，平田的手伸进了我后方放着内裤的口袋。

一切都结束了吗？

我做好了准备。平田的手无疑碰到了内裤，那种触感传递了过来。或许单凭手的触感会没有把握这就是内裤，不过光是在口袋里放进一团布就已经够可疑了。平田突然僵住身体，并看向我的眼睛。

然而，在那不到一秒钟的时间里，我们交错视线之后，平田却没取出内裤，他检查我的衣服之后，就回头望向女生们。

"绫小路同学也没有拿呢。"

平田这么说完，就迈步走向筱原身边。池和山内都吃惊地面面相觑。

"他们三个都没有拿哦。"

"真奇怪……我还以为肯定是那三人之中的其中一人。可是既然平田同学你都这么说了……"

筱原认为充满正义感的平田不可能撒谎，因此只好屈服。

"我们可以先整理行李吗？整理之后也可以再继续谈。"

　　结束所有检查后，我急忙回到帐篷里。平田也跟在我后面。

　　"平田……你为什么没说出来？"

　　我抛出直率的疑问。

　　"放在你口袋里的果然是内裤对吧？"

　　"对。"

　　"轻井泽同学的内裤……是绫小路同学你偷的吗？"

　　"不，不是。"

　　这名好青年会如何理解我这句简短的否认呢。

　　"我相信你。你不是会做出那种事情的人。不过，它为什么会在你口袋里呢？"

　　既然他毫不犹豫坦荡地说相信我，那我可不能不回答他。

　　我老实告诉他东西是从池的包里发现的。平田做出沉思的模样。

　　"是吗？这样的话犯人就无疑不是你，而且我也不认为是池同学或山内同学。说起来如果他是犯人，那应该也不会把赃物放入自己的包里。通常会把东西藏在别的地方。"

　　幸好平田是个脑筋灵活的正常人，不用我进行麻烦的说明。

　　"如果可以的话能让我保管内裤吗？"

　　"可以是可以……但这样没关系吗？"

　　拿着这个就等于是握着鬼牌。它是个很难处理的东西。

　　"最坏的情况就是我被当成犯人。如果对象是我，伤害就会最低。毕竟我是她的男朋友呢。"

　　平田说完就拿出厕所使用的塑料袋，把内裤放入其中。

　　因为对轻井泽而言，内裤被别人赤手碰触应该也是件很难受的事情吧。

　　"可是……这也就意味着是一个坏消息呢。因为内裤出现在池同学的背包里，也就代表着犯人可能就在班上。"

　　"是啊……"

　　再怎么说，假如其他班学生在这里徘徊，绝对会有人看见。

　　我走出帐篷后环顾周围。我们的行李各自包着塑料袋，随意地放在帐篷前方。轻井泽她们睡的帐篷则在数米之外的位置。事件发生为止女生的行李也同样随意堆放着。如果打算行窃，很容易就能办到。就像第一天我轻而易举就能翻动伊吹的包一样。

　　问题在于犯人何时行窃。由于洗澡之前都没发生问题，所以犯罪时间应该是昨天晚上八点左右到今天早上七点左右。如果是这样的话，班上任何人都有可能作案。不过我不认为犯罪行为是在半夜里发生的。因为在四周一片漆黑的状况下，要是打着手电筒翻找行李，可能会因为光线而被发现。

这样的话，犯罪时间很可能是早上五点日出前后。

哎，即使缩小犯罪时间，要找出犯人也很难。

那么……我就试着改变思考方向吧。为什么内裤被偷的人是轻井泽？那条内裤为什么被藏在池的包里？这是有什么理由吗？

"我相信绫小路你不是犯人，所以才帮了你。"

"哦，嗯，谢谢你。"

"虽然这不是因为我帮了你所以才这么说……不过我希望绫小路同学你能帮我寻找犯人。"

平田握住我的手如此恳求我。

"你要我找犯人？"

"没找到犯人的话，我想男生、女生都会觉得很不安。其实由我来找会是最好的，可是为了统合大家我得分出时间，因此也很困难。"

平田身为班级核心人物，行动上会有一些限制。

"作为一个被卷入其中的人，我确实也很好奇犯人到底是谁。不过我不认为把内裤藏在池包里的犯人会被我们轻易找到。"

这种事他也很清楚吧。平田应该也很明白寻找犯人是件难事。

"总之，我会先尽量找找看，可是别对我期望太高哎。"

208

"谢谢！谢谢你，绫小路同学！"

平田用一副就要抱过来的气势答谢道，他一面表达谢意，一面深深地低下头。

虽然我也不是不能理解平田的感谢心情，但这反应也有点太过头了。

或许对平田来说，这场内裤失窃案就是个这么棘手的事件。危机降临在刚要团结起来的班级上，而这就是作为领袖的他为何如此严肃地看待此事的原因。

"另外，假如你找到了犯人……到时候我希望你最先告诉我，并绝对不要告诉其他人。"

平田向我这么诉说时，散发出不容分说的强烈压迫感。

他那副过于泰然自若的态度，甚至让人觉得有点毛骨悚然。

"事情要是公开，这个班级就会再次承受巨大伤害。我想尽量避免这件事。所以我想和犯人先谈谈，并思考稳妥的解决办法。如果他能够自我反省，说不定事情也可以到我这里就打住。"

"换句话说就是掩盖事实吗？"

"掩盖啊……这字眼不太好，但你会这么理解也没办法。因为无论犯人是谁，我觉得都该隐瞒事实。"

平田用强而有力的眼神注视着我。这就像是在说自己有意包庇犯人。

"我知道了，我会最先向你报告。这样可以吗？"

"谢谢你……那么我先回去了。"

平田一出帐篷就马上向其他学生搭话，开始要做些什么事情。

我透过帐篷的薄布看见有好几个人影远去。

"平田洋介……真的是 D 班的英雄吗？"

我在平田的话中感受到一处矛盾。

那家伙说是因为相信我才帮助我，紧接着却说无论犯人是谁都应该隐瞒事实。换句话说，不管谁拿着内裤，在女生监视着的那种情况之下，他都会隐藏事实。

平田一点也不信任我。岂止如此，他说不定还认为我很可能就是犯人。当然，这是很正常的。在旁人看来，犯人就是拿着内裤的我，或者是池。所以平田才会指名可能是犯人的我来扮演侦探角色。他借此垂下救赎的细丝，同时叮咛我不要再犯。

只要这么想的话，那他特意对我说的一番话也可以理解。唯一明确的应该就是他想隐藏事件。

虽然平田也可能是犯人……哎，不过真相应该马上就会水落石出了吧。

1

"能请各位集合一下吗？"

我一出帐篷，平田就开始集合大家。不久全班便集合完毕。

　　而那里也出现了轻井泽的身影。她的双眼红肿且气得发抖。

　　"男生根本就不能相信。要继续在同个空间生活，我绝对办不到！"

　　"可是男女分开生活也会有点问题吧……考试再过不久就要结束，而且我们彼此都是伙伴，所以我们必须互相信任、互相帮助。"

　　"虽然是这样没错，可是我无法忍受跟内裤贼待在同一个地方！"

　　"我绝对没办法忍受。"轻井泽摇着头。既然被害人都这么说，平田也没办法太强硬。筱原像在支援她似的拿来树枝，并在地上画线。

　　"我们认为犯人就是男生，所以我们要在这里画线，区分男女生的活动范围。禁止男生进入我们这边。"

　　筱原这么说，提议划分生活空间。

　　"什么嘛。居然还是把我们当作犯人。行李检查和身体检查，我们都接受了吧？"

　　"不一定就会藏在包包里面吧？男生就是很变态。总之在找到犯人之前，你们都不准进女生的地盘。给我滚一边去。"

　　她这么说完就要求男生移动帐篷。

　　关于这件事男生们当然不可能接受，因此嘘声四起。

"你们要是怀疑我们那就自己挪帐篷。我们可不会帮你们忙。"

"哦，是哦。那就算了。要是你们假装帮忙结果行李被乱翻，那我们可受不了。"

"还有，你们也别再使用淋浴间了。让或许有变态小偷在内的男生使用可不是开玩笑的。"

班上至今的团结都去哪里了呢？男女生看来已经完全决裂。

"哼，你们有办法钉入帐篷的营钉吗？"

筱原察觉到状况不太妙，而向平田这么求助道：

"平田同学，这也算是为了轻井泽同学，能不能请你帮忙？"

"我知道了，我会帮忙。但也许会很花时间，没关系吗？"

"没关系。谢谢你，平田同学。真是太好了呢，轻井泽同学。"

"嗯，能够相信的就只有平田同学了。"

轻井泽看起来很开心，有点害臊似的红着双颊点点头。

"啧，说不定平田就是犯人吧。"

"什么？平田怎么可能会是犯人，你是笨蛋吗？"

"什么！开什么玩笑啊，轻井泽！因为是男朋友所以不会是犯人，这根本不能成为依据！"

男生当然发出了怨言，但男生的发言在这种状况下都被当成了耳边风。除了平田之外，所有男生都遭到了怀疑，因此这也没办法。场面迅速地来到最终阶段。轻井泽和筱原掌握了主导权。

"等一下，我要对你们提出异议，尤其是轻井泽同学。"

堀北在这种剑拔弩张的冰冷气氛中，若无其事地对轻井泽提出强烈不满。

"怎么了，堀北同学？你对刚才的事情有什么不满吗？"

"依男女划分生活区域，我不介意。既然犯人还没找到，那跟很可能是犯人的男生保持距离就是正确的。不过我并不信任平田同学。也就是说，我们不能排除他就是内裤贼的可能性。我无法接受你们制定出只有他可以进入女生地盘的规则。"

"平田同学怎么可能做出那种事。这你都不懂吗？"

"这是你个人的想法吧？别强迫我也要跟你有相同想法。"

轻井泽无法接受堀北的态度，而往她缩短一步距离。

"平田绝对不可能是犯人。你别说是男朋友，就连个像样的朋友都没有，或许不会懂呢。"

"别让我讲好几次相同的话。我是在说我难以接受只有他一个人能过来。"堀北即使受到挑衅也不为所动，淡然地如此回话。

"那我问你。除了平田之外，不是就没有男生可以相信了吗？难道有吗？"

"我不会未经思考就发言。事情很单纯，只要再增加一名男生就好。这么一来，男性劳力也会变成两倍，让男生们互相监视彼此也会很有效果。"

"别开玩笑。我的内裤可是被偷了欸！我可是受到男生的污辱！你懂吗？要是把犯人引进来也不知道我们会被对方怎么样！"

"你自己也有点责任吧。也许正是因为你放松紧惕才会被偷走内裤吧。"

"大家都一样放着包包，为什么说我放松紧惕啊！"

"也就是说，你应该就是过着这种'即使内裤被偷也没关系'或是'即使被偷也没办法'的这种生活，不是吗？而且讨厌你的人似乎也不少。"

换句话说，堀北将犯人不单纯是因为别有居心才偷窃的可能性也纳入思考范围。有人想一解平田对轻井泽的仇恨，而故意使她蒙羞。说不定她正在用这条思路来想象犯人。要怎么推理是堀北的自由，不过在公开场合将那个想法硬塞给轻井泽应该是失策吧。

堀北的头脑很好，可是在人际关系上却拥有着缺陷。这个行动正好反映了堀北的弱点。

轻井泽要是在大庭广众面前被这么挑衅，一定会更加受伤且焦躁。

而且不仅是男生，轻井泽应该也会将矛头指向堀北吧。

"你！"

轻井泽突然发飙，眼看就要上前揪住堀北。平田立即跑至轻井泽前方。

"轻井泽同学，对我来说，多一个男生也比较省事。这样可以吗？"

平田以这种圆场的形式来劝架。

"可……可是……除了平田同学之外哪有人可以相信……"

"那么就我来吧！"

池迅速举起手。这行为还真不让人觉得他不久前才在跟筱原吵架……

"等等，说到粗活的话应该交给我吧。"

须藤快速举起手。

"等一下啦，这里还是要交给心灵手巧的我吧。"

山内也跟着说道。看来就算吵了好几次架，他们还是非常想接近女生。

"别……别开玩笑。这不就是引狼入室吗？况且不管谁是犯人都不奇怪。还是说堀北同学，你认为这些人就值得信赖？"

"如果考虑到这三人平时的行径，那他们根本无法

信任。所以我打算仔细思考，选择一个不会是犯人的
人物。"

"那是谁？除了平田同学还有谁吗？"

我环视男同学。继平田之后还会有能够让人放心的
男生吗？

幸村脑袋清晰，但他很可能会跟女生起纠纷……当
我正在思考会是谁的时候……

"就是你，绫小路同学。"

什么？为什么是我？为何会是我？我不禁张大嘴。

"哈哈哈！别笑死人。我才在想会是谁，结果这不
就是你唯一的朋友吗？那种没什么存在感的寡言色狼，
怎么可能值得信任啊！"

别人要如何看待我也都没办法。不过看来我就是
"那种家伙"以及"寡言色狼"这种程度的存在。这就
是在第一学期没好好打好人际关系者之悲哀末路。

"倒不如说绫小路同学很可能就是犯人。他早上鬼
鬼祟祟，感觉很可疑呢。"

她是在说我们从池的包里发现内裤时慢吞吞的那件
事吧。

哎，什么可疑，因为事实就是当时轻井泽的内裤确
实在我手上。

"或许有可能呢……我记得昨天绫小路同学在营火
前待到很晚……"

看来女生加深了疑心，我被选为下个目标。男生中也开始有人怀疑起我来。池和山内则是装作什么都不知道。

无论沉默还是辩解，状况似乎都不利于我。因此我就先保持了沉默。她们再怎么怀疑我，持有证据的人也是平田。也不会硬是把我当作犯人吧。

不过，尽管我是清白的，但被怀疑的心情还真是不好受。

"绫小路同学应该就是内裤贼了吧？他没有辩解，对吧？"

"我……我认为绫小路同学不会做这种事情……"

在这种几乎所有女生都怀疑我的情势之下，我本来以为谁也不会愿意站在我这边，不过有个意料之外的人出言坦护了我。

佐仓在后方驼着背，虽然扭扭怩怩，还是说出了维护我的发言。

真让人难以想象这是比任何人都还害怕引人注目的她会做出的行为。

"咦？这什么意思？你有什么依据吗？"

佐仓祖护可能是犯人的人，轻井泽对此很不高兴。从火力强势的女生看来，懦弱的佐仓简直就是个恰好的目标。她比堀北更容易对付。

轻井泽转眼间切换猎物，仿佛要捕食她一般，以言语扑向佐仓。

"对啊，为什么呀？为什么你就知道绫小路同学不是犯人？"

"这是……那个……因为他并不是那种人……"

佐仓被轻井泽的气势压倒，尽管惧怕，却还是拼命地挤出了声音。

"什么？我不懂你的意思。这完全不是回答吧。"

对于佐仓持续的谜样维护，轻井泽双手抱胸，然后坏心眼地笑道：

"咦？佐仓同学，难不成你喜欢既朴素又不起眼的绫小路同学？"

轻井泽的这句话与其说在瞧不起人，不如说只是随便找个理由说说。这种没根据的发言只要索性充耳不闻即可，然而佐仓却把这些话当真了。

"不……不是的！"

佐仓吓得猛然往后退，而且满脸通红不知所措。

"唔哇……这种像是小学生一样的反应还真是好懂。"

轻井泽哈哈大笑。讨好她的女生们也跟着大笑。

"不是这样的！唔……唔……"

"这样不是很好吗？会喜欢上那种人的女生，除了你之外应该就没别人了吧。要不要在这里向他告白？来来来，要我帮忙你也可以哦。"

"唔！"

周围的目光过于集中在佐仓身上。佐仓无法忍受这种气氛，而奔逃至森林里。栉田留下"我去追她"这句话，就前去追赶佐仓。这是明白独自一人进入森林很危险而做出的好判断。

"什么呀？我明明只是稍微捉弄她一下而已呢。就是这样她才会交不到朋友吧。"

堀北从头到尾都一言不发地注视着轻井泽的公开处刑。她漠不关心地抚摸着自己的头发，同时叹了口气。

"差不多可以继续了吧？看闹剧可是很浪费时间的。"

"我说啊，堀北同学，你这种说法真的很让人生气。"

轻井泽已经对逃走的佐仓失去兴趣，而再次把目标转回到堀北身上。

"欸，堀北同学。你为什么要对我这么冷淡？莫非是有什么原因吗？"

"原因？你说这会有什么原因呢？"

"因为呀，平田同学不是很帅吗？脑筋又很好。他对你这种人都很温柔，我觉得一般女孩子都会喜欢上他呢。"

她一边轻笑，一边得意似的抓住在她身旁平田的手臂，并且把他拉过来。

"这么说可能有点不妥，不过要是拿绫小路同学来比较的话……虽然绫小路同学的外表与其他男生比起来算是比较好的了，但是除此之外的差距就很大了吧？所以我在想……你该不会是在忌妒我吧。"

"你的想法还真是相当天真呢，轻井泽同学。"

"啊……嫉妒还真是难看。"

我们经常听说团体行动会让人的立场、性格，或心理状况浮现出来。

校园生活中看不见的事情好像都接二连三显现了出来。

尤其对每天都贯彻孤傲的堀北来说，班上女生对她的印象极差。不过即使如此她们平时也都无视对方，或者说是互不往来，一路走到现在。

可是现在要共同生活，她们不得不扯上关系。

"绫小路同学确实有诸多不值得夸赞的部分呢。"

喂……我还以为你会替我圆场。

"然而这和平田同学无法信任是两码事。我只是对于你毫无理由地推举平田同学感到不快而已。事实上，他根本就没有任何能让人相信的要素。况且我认为自己完全没有夹带私情。我只是利用排除法，结果班上最能够信任的就是他。你觉得有哪个男生比他更值得信任呢？假如有的话，我还希望你告诉我呢。"

轻井泽听后想了想，便像在评鉴一般看了男生一眼。

"感觉他在男生之中确实是最人畜无害的一个，而且也很没存在感。"

她在这点上不得不认同。女生的眼光真是太无情了。

"那就这样吧。虽然我还是很怀疑他。不过要是能减轻平田同学负担的话，那我就会忍耐。"

最后轻井泽她们选了我，但我可不认同她们的选择。

这种事情我当然只字不提，毕竟只会再次引起争执。

她们达成协议。事情接近尾声，准备要解散。班级的团结也同时崩坏。

"各位想说的话我也都知道……但是我反对毫无根据就怀疑同学。我们班上不可能会有人做出那种过分的事情。"

平田对于一路恶化的情况无法保持沉默，如此说道。

"平田同学，你太善良了。那你说这还会是谁偷的？"

"这我也不知道……可是我不想去怀疑同班同学。"

男生们一直被女生这么怀疑，心情也不是很好，于是便开始认真思考犯人到底是谁。

"欸……难道说……是那个叫作伊吹的人吗？"

　　一名男生偷偷望向独自坐在营地边缘的伊吹，一面如此嘟哝道。

　　这个瞬间，大家就犹如发现一只猎物，将怀疑的矛头集中指向伊吹。

　　"因为小伊吹是 C 班的人呢。即使做出妨碍 D 班的行为也不奇怪……她或许为了让我们被怀疑而要了花招。"

　　"你们男生不要太过分。因为最可疑的肯定就是你们男生。"

　　筱原把男生当作犯人怀疑，用手做出驱赶的动作，赶走男生。

　　"在找到犯人的这段期间，我们绝不会相信男生。是吧，轻井泽同学？"

　　"当然。犯人一定就在男生之中。"

　　结果以这个事件为开端，男女生决定各自分开生活。

2

　　我要再重复说一遍。这名叫作平田洋介的男生是个帅哥。与其说是外表帅气，不如说是他的行动理念很帅气。他率先扛下普通人觉得麻烦、不愿去做的事情，而且还会以很高的完成度来满足对方。

　　他和女生们同心协力把组装好的帐篷搬离了男生的

生活区域。

　　另一方面，我则是负责固定的工作，把搬来的帐篷的营钉敲进地面。一开始钉子马上就会松脱，历经了一番苦战。不过我很快就掌握诀窍，固定好了第一顶帐篷。这出乎意料地简单。然后我现在正一面擦拭着汗水，一面用铁锤敲打着第二顶帐篷的营钉。前来与我会合的平田拉开绳索，帮我敲打营钉。

　　"抱歉啊，让你也这么辛苦。"

　　其他男生有的跑出去玩，有的则在打算通过钓鱼来筹措食物，而在野外努力着。

　　"啊……不，这不是平田你该道歉的事。不如说事情都交给你，我反而觉得很抱歉。"

　　"这没什么呀，这都是我自愿的。"

　　这张脸上爽朗的笑容，也是这男生会是帅哥的重要理由吧。

　　"问你这种事说不定很奇怪，你为什么要这么努力啊？"

　　"努力？我不认为自己是在努力欸。我只是在做必须做的事情而已。"

　　他没有表现得很自满，并用挂在脖子上的毛巾擦拭流下的汗水。

　　"我认为这场特别考试不是比赛，而是个增进大家感情的机会，所以我想珍惜现在这份时光。为此只要是必要的事情，即使是再辛苦的工作我也很乐意去做。"

　　一般人能够像他这样表里如一并且心地善良吗？想被人喜欢、想受到瞩目，有这种私心不是很正常吗？

　　但是我从平田身上完全感受不到这种私心。

　　我只强烈地感受到他一心想和大家友好相处的这个心愿。

　　"好，剩下大约一半。我们赶紧把事情做完吧。"

　　我们两人为了钉入剩下的营钉，而绕到帐篷另一侧。

　　"平田同学！过来一下！"

　　轻井泽她们的团体传来呼唤平田的声音。

　　平田转眼间被女生团团围住，并被用力拉着手臂。

　　"欸欸欸，来这里！"

　　"啊，我还有剩下的工作要做……"

　　"那种事交给绫小路同学不就好了。对吧？"

　　女生说完就打算强行拉走平田。

　　看见平田摆出为难的表情，尽管觉得很麻烦，我还是如此答道：

　　"这里的工作我一个人会做完，你就去吧。"

　　"呃，可是一个人的话会很辛苦哦……"

　　"工作也只剩下一点点，没关系。"

　　"抱……抱歉呀。谢谢你，我马上就回来。"

　　虽然这是个想让女生对我稍有改观的别有居心的提

议，但我的话好像没传达到女生耳里，她们就这样拉着平田，往森林的方向走去。

他大概没办法马上回来吧。

我寂寞地目送离开的平田，并再次拿起铁锤。

接着继续埋头工作。结果我在平田回来之前就自己完成了工作。

"果然一个人比想象中还更花时间……"

帐篷的方向、营钉的方向，还有绳索的张度，需要注意的地方相当多。

现在已经过了十点。接下来我该怎么做呢……

现在我已经解除肌肉僵硬的状态。从现在开始的步骤可不能失误。

不过在这之前，我得先恢复体力。烈日之下的工作实在太累了。

"可以打扰一下吗?"

由于工作告了个段落，伊吹在我正想稍作休息时前来攀谈。

"今天早上内裤贼那件事闹得不可开交呢。看来 D 班也不是很团结呢。"

"哎，是啊。真是各种麻烦不断。"

"不过同样身为女生，不管有什么理由，我认为偷窃女生内裤都不可原谅。"

是这样没错。不过她为何要跟我说这种事情呢?

　　保护伊吹的与其说是我，不如说是山内。而且照顾她的也是栉田她们那个小团体。

　　我们也只是简单交谈过，我跟她还没那么熟才对。

　　"难道你在怀疑我吗？"

　　早上我被筱原她们当成犯人的事，伊吹好像也在远处看见了。

　　"你是犯人吗？"

　　"不，不是。"

　　"那就没问题吧？虽然我没有确凿的证据，但是那个叫作平田的男生还有你得到了部分女生的信赖。我认为你是犯人的可能性很小。"

　　她是因为听见轻井泽和堀北的对话才会如此下结论吧。

　　"你对犯人没有头绪吗？"

　　"现阶段完全没有。我尽可能不想去怀疑男生。"

　　"那么你认为谁会是犯人？"

　　这种问题仿佛在试探我。我斜眼窥视站在我正侧方伊吹的模样。她没有面向我，并且正在等待我的答复。即使如此我还是没做出回答。伊吹于是这么说道：

　　"要是如你所说犯人不是男生的话，那么下个要遭受怀疑的就会是身为外人的我。照理说绝对会有人提出质疑……说或许是我把情况伪装成像是男生偷走内裤一样。不是吗？"

226

她非常清楚自己正受到怀疑，而有点自嘲似的笑道。

对于这些发言，我说出心中瞬间涌现的话语。

"起码我相信你，我不认为你是犯人。"

我毫不犹豫这么回答伊吹。她有点惊讶，看着我的双眼，像是在确认我说的是不是真话。我和她对上眼神之后没有移开视线，接受了她的目光。

"谢谢。没想到你会这么对我说。"

"我只是老实回答而已。"

我之所以能坦率地这么说出，是因为我光是看见伊吹那直率的眼神，就已经有了把握。

因此我不费吹灰之力地推导出结论。偷走轻井泽内裤并把它暗藏到池包里的犯人，就是眼前的伊吹。

3

特别考试的第五天晚上。D班气氛就犹如守灵夜一般沉闷。直到最后大家也没有弄清犯人到底是谁，就这样维持疑神疑鬼的状态度过了一天。在这种情况下，今天我也负责营火。我只需要一边看着火势一边不时地扔树枝，工作实在单调而又轻松。

"欸，绫小路同学。我们不是叫你要好好挪帐篷吗？"

"我已经照你们说的挪好了。"

"再往左边移一点啦，这样离男生太近了。"

"我知道了……"

我收到有些不讲理的投诉，但还是不甘愿地答应了。那名女生随后气愤地离去。

"被硬塞杂务，还真是辛苦呢。"

"你还好意思说……要是你没鸡婆推荐我，就没问题了。"

"没办法吧。因为平田无法信任，我需要保险手段。"

"就算在班上，无法信任平田的也只有你。你最好别认为人无论谁都是表里不一地生活。"

"这也没错呢。不过我可是表里如一。"

原来如此，确实如此。堀北确实很诚实地面对自己。我被她漂亮地回击。

"不过大部分人应该都会分别运用场面话与真心话。就算是你，也是这样呢。况且善意与伪善是一体两面的，所以我都不会相信。"

这些话好像也适用于栉田。

"话说回来你还真是信任平田同学呢。"

"是啊，至少我很依赖他，而实际上他确实很可靠。"

"可靠？他真的能替班级带来好的影响吗？"

紧咬不放前来反驳的堀北好像若有所思。她握有我不知道的消息，脸上浮现出无畏的笑容。

"这个嘛，平田也不是万能的。他确实无法好好统合男女之间的纠纷，可是他却主动出面扛下其他学生办不到的统合职责。我认为他很努力呢。"

"的确。他从没面露不悦地接下重大职责，这行为本身确实出色。不过这要是无法带来成果那也没意义。不对，依据情况，这甚至还会造成最糟糕的状况。我问你，你知道我们D班现在持有多少点数吗？"

"你说得就像有意料之外的支出一样。我可没有头绪。"

"果然呢。你信任不已的平田同学有事瞒着你。"

"这什么意思？"

"跟我来。"

不惜打断我照顾营火的工作也想让我看的东西究竟会是什么呢？

我还以为会去哪里，原来是女生帐篷的出入口前方。

堀北打开门口的帐篷布，让我看了帐篷里面。

"这是……"

这里跟只把空间拿来睡觉因此很空旷的男生帐篷不同，女生帐篷里是完全不同的景象。地上有为了缓和地面坚硬的地垫，以及充气膨胀的枕头。甚至还摆放着电池式的无线电风扇。

"另一侧的帐篷也放着完全相同的东西。全部是十二点。"

"我才在想真亏女生没抱怨炎热就忍耐到现在，原来是这么回事啊。"

没想到她们居然从最开始就没忍耐，并买齐了所有必需品。

"是轻井泽同学她们申请的。"

看来她们在背地里相当恣意妄为。

"等我发现的时候，她们就已经订完且备齐所有东西了。无论谁都能申请使用点数，这样的规则真是个大问题。"

就像高圆寺早早就放弃考试那样，我们没有办法阻止同学使用点数。

"轻井泽同学告知过平田同学，因此他毫无疑问知情。不过既然你不知道这件事，也就代表他没有通知其他人。这照理来说是必须共享的消息呢。"

堀北双手抱胸说明情况。她说的话虽然也有一番道理，不过我不认为平田是抱持恶意隐瞒此事。他应该是为了防止多余的混乱吧。

轻井泽告知了平田这点也值得称赞。

"我了解你想说的话，不过我没什么特别要说的。花掉的点数不会再回来，考试天数也所剩无几。轻井泽她们也不会再用掉不必要的点数了吧。"

我本以为我冷淡的回答方式或许会惹堀北生气，但这对她来说好像是意料中的答复。

她就这样毫不在意地随便听听。

"她们这次说不定会就这样乖乖地不引起任何问题。不过，内裤被盗事件就这样没解决可是非常危险的呢。假如犯人就在我们身边，那今后他或许会扯我们后腿。所以我希望尽快找到犯人。"

"所以，你想要我帮忙？"

"对。现在我们和男生们的关系有裂痕，光靠我一个人的话也有许多无能为力之处。"

因为男女生正在冷战，目前信息隔绝，即使想要调查也很困难。

"我知道了。虽然不知道能否帮上忙，但我会帮你忙的。"

我坦白回答，结果堀北反而不知所措似的露出纳闷的表情。

"你还真是相当通情达理呢……你有什么目的？"

"你还是坦率接受他人好意会比较好。身为一名男生，我对男生被当成小偷的事情很不服气。帮你忙的动机应该非常充足吧。"

而且我也先答应了平田的请求，并不会增加我的工作量。

"好吧。那就这么说定了。"

然而，犯人也不是笨蛋。她不会在被全班怀疑的情况下做出会露出马脚的行为吧。堀北认为最坏的情况就是维持这样也没关系。因为这场考试要是再继续被搅乱下去，应该也会影响到点数吧。

不过我一定得让犯人……让伊吹再次行动。

不，她肯定会再展开行动。因为那家伙的目的尚未完全达成。

"你的表情还真认真呢。被当成犯人你就这么不高兴吗？"

"这事件害得班上一团乱。班上至今为止明明就进行得很顺利。我觉得遗憾。"

"至今能够互相合作只是偶然。D班里的团体合作本来就是有跟没有都一样。就算男女之间产生裂痕，对考试结果的影响也很低。虽然一直到考试结束都保持合作当然是会比较顺利。"

"另外，无论犯人是谁，目的会是什么呢？目的真的是轻井泽的内裤吗？还是为了搅乱团体合作呢？我总觉得她有别的目的。"

对于"别的目的"这个关键词，堀北双手抱胸进行思考，但之后却摇摇头。

"你别想太多……抱歉，我要回帐篷了。"

堀北的呼吸有些急促，同时还做出把头发往上拨的动作，接着别开了脸。

"欸，堀北，你差不多该从实招来了吧？"

"从实招来？你到底在说什么呢？"

堀北虽然假装镇定，却微微冒着汗。我决定提醒她适可而止。

"你从这场考试开始时身体就不舒服了，对吧。"

或许她旅行前就有身体不适的征兆，但当时应该还很轻微吧。

不然以堀北的个性，她非常有可能缺席这趟旅行。

"我没什么事啊。"

"骗人。"

我抓住坚持说谎的堀北，把手伸向她的额头，果然很烫。

堀北想要逃走，但是动作迟钝。我只是轻轻出力她就无法动弹了。

"你是从什么时候开始……发现的呢？"

"跟你在游轮甲板上碰面的时候。当时我问你你在做什么，对吧？"

"嗯，我记得我回答的是自己在房间里看书。"

"其实你应该是很难受地在房间里睡觉吧？"

"依据呢？"

"会合的时候，你的头发很凌乱。换句话说那就是不久前你一直都躺着的证据。而且停泊岸边的甲板上明明就热得要死，你却看起来很冷。即使是现在你也穿着长袖，连拉链都拉上了。我观察你至今为止的模样，于是得出了这个结论。这即使是小学生也能一眼看穿吧。"

我应该全猜对了吧。堀北失去反驳的话语，陷入沉默。

"你要是能把这份敏锐度用在升上 A 班，那我就认同你了。"

"这是不可能的呢。比起这个，你打算继续隐瞒你的身体状况吗？"

就我手碰到的感觉，她发烧将近三十八度。即使如此她也打算继续隐瞒。

理由应该很简单。假如申报自己身体不适，那就会害班上被扣分并受巨大的惩罚。学校在这时候开始考试，她还真是不走运。

"我已经忍耐了五天，要是现在放弃就前功尽弃了。晚安。"

她应该是打算忍到最后吧。她的意志很坚定。

4

手表显示时间还不到早上六点，不过我的睡意被一口气吹散，而感受到空气的炎热。我为了摆脱闷热状态而走出帐篷。走到外面的刹那，我发现景色和昨天截然不同。

"这算是走运，还是不走运呢。"

特别考试的第六天早上，是个蕴含风波的序幕。头上是一片沉甸甸的灰色天空。昨晚似乎下过一场雨，地面四处都是积水或泥泞。四周笼罩着要开始下起雨的气氛。雨很可能会是在中午过后下吧。考试结束在即，好像要变天了。如果只是小雨那也不需要去在意。但依据情况，下大雨或刮强风也是有可能的。我们必须设想最坏的情况来采取行动。

像是再次确认打入的营钉、行李该怎么处理，等等，我们要做的事情很多。换句话说，这就是件忙碌起来能分散大家注意力的事情。大家起床后，就把采收来的食物与使用点数储备的紧急食物搭配在一起食用。维持质朴生活，牢骚自然而然也会增加，不过在特别考试的第六天，全班都表现出想靠毅力来熬过考试的意志。

"太好了呢。没有每天都发生事件。"

的确。假如今天也发生内裤被盗事件，班上就不会是这样的气氛。在男生帐篷前看守到天亮的男生现在正呼呼大睡。

这是为了不让内裤贼事件重蹈覆辙而考量的办法。

平田集合众多学生发出最后的号召。为了熬过今天，大家开始分组出发寻找最后的食物。只要采集到一天份的食物，我们就可以节省一天食物的点数。现在应该可以说是关键时刻吧。我们集合至平田附近。

"我们也去找食物比较好吧？"

已经单手握着钓竿坐在河岸的池回头问道。

"不，我希望池同学和须藤同学继续钓鱼。现在也没时间传授别人钓鱼方式了呢。"

大家决定好方针，平田就马上用举手方式进行分组。我当然不可能举手，于是这次也是作为剩余的人来参加。

组员有堀北、佐仓加上山内。然后意外的是还搭上了栉田。

堀北的身体状况好像还是依然不好，但她为了不让周围的人发现，而巧妙地四处走动。

"你居然会剩下来，这是怎么回事？你平常很要好的小团体呢？"

这么一说，我还真没看见一个在这场考试中跟栉田一起行动的女生。

"嗯，呃，这是因为呀……"

栉田好像有点介意男生在场，而悄悄和堀北说起耳语。

"其实小实今天来例假了呢……好像相当不舒服。她每次来都会这样，所以其他朋友正在帐篷里陪着她。"

站在堀北隔壁的我也能听见栉田说的内容。

"与其说是身体不适，不如说是生理现象似乎会比较安全呢。虽然这是理所当然的。不过你为什么要特地来到这一组？你应该会有其他选择才对。"

堀北会跟栉田激烈争辩正是因为她很讨厌栉田。

堀北基本上讨厌所有人，然而在这之中她特别讨厌的人，就是栉田。为何堀北会如此讨厌她呢？理由很单纯，因为栉田也讨厌着堀北。

可是我一直在这两人的关系上感受到不可思议的异样感。

这个名为栉田桔梗的女孩拥有另一种面貌。她拥有会态度骤变到若无其事大骂他人的这种面貌。不过这件事实是我偶然得知，平常栉田无论对谁都很温柔，只是个乐于助人的可爱女孩。若是一般情况，我想除忌妒等理由之外不会有学生讨厌她。但我很了解堀北不是会对栉田怀有忌妒之心的那种人。

哲学家有个很烦恼的问题，那便是"先有鸡还是先有蛋"。

就如字面意思……鸡是从蛋诞生出的生物，那么最初那只鸡会是蛋吗？

我不知道堀北和栉田是谁先讨厌对方，也不知道她们是何时开始讨厌彼此。

"我觉得机会难得，所以想和堀北同学你说说话呢。你看，我们在这趟旅行中不是没怎么说话吗？一到晚上你也马上就睡了。"

就算栉田知道自己被讨厌，尽管自己也讨厌对方，她还是想和堀北搞好关系。假如她的目标是和全班变得要好，那攻陷堀北就是一条不可避免的道路。

关于这两人的关系，纠缠着非常麻烦且复杂的问题。

"我可没闲工夫陪你说话呢。"

"你还真是坏心眼呢，堀北同学。你睡觉时的脸庞明明那么可爱。"

堀北对于说出这种调侃发言的栉田好像有点不耐烦。

总之我们就要以这些成员，来出发寻找食物了。

"欸，伊吹。你要不要也一起来？"

当我们正要出发时，我对在树荫下休息的伊吹搭话道。

"我？"

"考试也快接近尾声了，你要是不愿意我也不会勉强你。"

"也是呢。毕竟我也受到了你们D班的帮助……我知道了。我会帮忙。"

伊吹肩膀背着包，也加入了我们。山内似乎很高兴。

"哦！很棒啊！好像有种开后宫的感觉！"

随着女生比例增加，山内的兴致也逐渐提升。出去寻找食物的话，人当然越多越好。

堀北没理由拒绝，她没说什么便踏入森林之中。

"阴暗的森林总觉得有点令人害怕呢……闷热的空气也很可怕呢。"

也许是因为阴天，森林里变得和昨天完全不同，视野相当不好。

"乌云正从西南方靠过来呢，说不定会比我想象中还要更早变天。"

说不定一到下午就会开始降雨，把这个可能性也事先记在脑海一角会比较好。

要是真变成那样，长时间外出寻找食物说不定会很危险。万一在森林里遇到暴雨，那我们岂止动弹不得，就算受伤也有可能。那样的话我们也可能会被扣掉大量点数。

"嗯……"

当我寻找着食物静静迈着步子时，栉田交替看着我和堀北，做出像在沉思的动作。虽然堀北无视了这一切。

"怎么了啊，小栉田？"

迟一步察觉到栉田这般动作的山内问道。

"绫小路同学和堀北同学不是从一开始就很要好吗？我在思考这理由是什么。"

"话说回来确实是这样欸。你们为什么会这么要好啊？"

栉田还真是向我们抛来了麻烦的话题。

"我们并没有很要好。"

"虽然你总是否定，但你们还是很要好。你们就连现在也是并排走路。"

但我并不是刻意这么做的。

"啊，我说不定无意间找到绫小路同学和堀北同学之间的共通点了。"

"共通点？是什么？"

"你好好看着他们两个，山内同学。你有没有发现什么？"

"嗯嗯？"

山内以直逼我的脸到只距离数厘米的气势观察着我，接着往堀北的方向跑去，不断地把脸凑过去。啊，笨蛋，你要是太靠近的话……

啪！无情的声响打在山内的脸颊上。堀北甩出就连电视剧女演员都会相形见绌的漂亮巴掌。

山内因那份力道与痛楚而发出变了调的声音后蹲了下去。

堀北的表情就像是在说："这有什么过分的吗？"对于这样的山内，她别说是对他说话，甚至连看也不看他。

"你……你干吗呀！"

"你离她太近了啦。你最好记住那家伙的领地范围。"

之前池对堀北做出多余举动时也是这样。

说起来要是不喜欢的男人把脸凑到极近的距离内，无论是谁都会觉得不愉快吧。

"对……对不起，山内同学。都是因为我说了多余的话。你没事吧？"

"你……你还真是温柔啊，栉田……"

山内抓住栉田伸出的手，一面红着脸，一面站起。

伊吹有点惊讶地盯着这边。

在 C 班可能不太能看见这种笨蛋般的互动。

"栉……栉田，你发现的共通点是什么啊？"

"那就是……我几乎看不见他们两个的笑容！倒不如说我总觉得没看过绫小路同学和堀北同学露出笑容的模样呢。"

受到栉田意想不到的指摘，与其说我坦率接受，不如说我感到认同——关于堀北的部分。

我看过好几次她瞧不起别人般的笑容，不过从没看过含有亲切感的笑容。

"我的确没看过堀北的笑容。可是我笑过吧？"

"苦笑之类的话倒是见过……不过像是打从心底莞尔一笑或者捧腹大笑这种，我就没在绫小路同学你身上见过呢。还是说你只是没让我看而已？"

栉田有点不满似的探头窥视我。是的，这次我也小鹿乱撞了。我的心跳急遽加快。

身处无人岛，美妙的香气从她身上扑鼻而来。我害羞得别开视线。

"这好像是基因控制的吧。笑口常开跟不会笑的人之间的差异。"

"嗯……总觉得这种理由好像很讨厌呢。即使是真的。"

这应该不是主要原因，主要原因应该是成长环境的影响。

"要不要试着露出笑容练习一次？"

"我们先以这里为中心开始分头找吧。"

堀北说道。

"咦？笑容的练习？"

"我们可不是来旅游的！我当然是在说寻找食物的事。"

堀北以严厉且强硬的语气责备栉田，做出让大家分头行动的指示。

"别单独行动，要两个人一起搜索。走吧，绫小路同学。"

堀北呼唤我，于是我与她迈步而出。

"啊……啊唔……"

嗯？我在身后看见追来的佐仓垂下双肩。

"一起去找吧！佐仓！"

山内在佐仓身后搭话，竖起大拇指给我看。

看来这应该是表示"我一定会好好运用能单独相处的机会"的信号。

"请多指教哟，伊吹同学。"

剩下的栉田和伊吹组成了一队。伊吹虽然也是个冷淡的人，但如果是栉田的话，应该没问题吧。

"堀北，你是怎么保管那张钥匙卡的?"

"你怎么考试第六天才来问我……我一直都带在身上。"

堀北说完就把手伸进上衣口袋，告诉我东西在哪里。

"更新装置使用权的时候，我都会混在平田同学安排的学生中间。不会被伊吹同学或其他学生知道。"

这是最应该留意的地方，因此堀北应该有好好地履行领导者的职责吧。

"如果可以的话，你能让我看一下吗?"

"咦? 等等，要在这里吗?"

"倒不如说正因为在这里所以才方便。若是在营地的话会太引人注目。"

"确实是这样没错，你看卡片打算做什么?"

我向对我投以些许怀疑眼光的堀北说明理由。

"其实我有事至今一直没说出口。关于这件事，佐仓当时也和我在一起，所以你之后也可以去向她确认。我第一天就看见有个学生拿着像是钥匙卡一般的东西。"

我告诉堀北葛城在洞窟前方手持卡片的事。

"不过，我不知道那是否真的就是钥匙卡。因为我没有看过实物。假如那是捡来的电话卡，那可就笑不出来了吧?"

"也是呢。如果你有确切证据，我们说不定就能取得巨大成果。"

堀北接受了我的理由。她防备着伊吹背对着她，然后悄悄地拿出卡片。我接过来观察并确认正反面。背面是常有的磁卡样式，而正面就如茶柱老师告知的那样，刻有领导者证明——"Horikita Suzune（堀北铃音）"的名字。

我用手触摸，发现这不是那种会轻易剥落的东西。

"如何？这和葛城同学拿着的卡片一样吗？"

"这不好说……我本来以为只要看了就会弄清楚……但它和我记忆中的颜色不同。"

"钥匙卡有可能会依班级而有不同的配色呢。"

"对啊，不过要做出判断，素材并不够。要是失误的话可无法弥补呢。"

当我准备要归还卡片时，卡片从我手中掉落至地面。

"啊！"

堀北在我焦急出声的同时，立刻伸手打算捡起卡片。

"怎么了呀——？"

栉田有点担心往我们这边看来，伊吹也同样看了过来。

"不，没什么。只是因为有只虫子所以吓了一跳……抱歉抱歉。"

我道歉后往堀北方向看过去，发现她正在用非常恐怖的表情看着我。

"对……对不起。"

极为生气的堀北与我保持了距离。

"你被甩啦？"

山内边贼笑边靠过来。

"欸，山内。我有事想商量，你能听我说吗？"

"什么啊？恋爱的咨商费用可是很贵的哦。"

"这带地面因为下雨到处都是泥巴，我希望你能把这些泥巴弄一点到堀北头发上。"

"什么？要是做出那种事情我可是会被杀掉的啦！我拒绝！"

我当然明白他不会欣然允诺。

不过这行动由我来执行就太不自然了。这应该是擅长说谎且平时就会做出捉弄他人行为的山内才办得到的。

"你呀，就算堀北对你生气，但是再怎么说报仇可是很逊的哦！"

"假如你同意的话，我就把佐仓的电子邮箱告诉你。"

"当真？"

"如何？"

"佐仓的电子邮箱……唔，既……既然这样我就只好答应你了。"

为爱而生的男人迅速做出要为爱而死的觉悟。这份决心还真是出色啊。

"一言为定！你要是说谎的话，我可不会原谅你！"

我点头答应，山内便去附近搜集了一堆泥巴，绕到堀北身后。她的身体要是没有不舒服，肯定会察觉到这动静，然而堀北现在并无余力去注意周遭。

发现山内古怪行径的栉田与伊吹，很不可思议地观望着这个过程。

山内执行了任务。他用双手狠狠地将泥土弄在堀北的漂亮黑发上，然后，再用两只手胡乱涂抹。虽然没必要做到这种地步，不过算了……

"哈哈哈！堀北身上沾满了泥巴！真有趣！"

山内像个调皮小鬼般笑着，指着堀北。

堀北一时间好像无法掌握事态，短时间内没有动作。不过一理解状况，她就站起来沉默地抓住山内指着她的那只手臂。

"咦？"而山内在发出疑问的刹那，就已经被堀北用力摔出。

5

中午前，我们一无所获地回到营地。虽然没有出太阳，但盛夏的森林比想象中更加炎热。就连曾说自己不太会流汗的堀北，也看得出来在微微冒着汗。

"快点洗掉会比较好，堀北同学。你身上有相当多的泥巴呢……"

"是呀……这种状态实在很难受。"

堀北的头发和衣服到处都是泥巴，她应该非常不高兴吧。虽然就算只有身体不适，她原本就很不高兴了。

"我会恨你一辈子，给我做好准备。"

山内被揍得七零八落。他害怕地颤抖身子，躲在我身后。

"我……我可……可是做到了！你……你会遵守约定吧！"

"考试结束后我一定告诉你！"

虽然很对不起佐仓，不过我必须报答勇敢的山内。

"哎呀，可是淋浴间现在好像没办法使用……"

已经搜索回来的女生们集合在淋浴间前方依序等待。

讽刺的是，轻井泽那组的三人全都正在排队。

就算堀北她们现在去排队，也要等上很长一段时间吧。

虽然浑身是泥，但我不认为对堀北怀有敌意的轻井泽会让她先洗。

要插入那边的队伍应该很困难吧。

"利用河川怎么样呢？这样的话比较快吧。"

"是呀，除此之外好像没有其他办法了呢。"

"我也来游泳好了。伊吹同学，你要不要和我一起

游泳？我想你也流了很多汗。只要我们准许，即使是 C
班的学生也可以使用河川吧？"

只有擅自使用据点是不可以的，这应该不算违规。

"我就不用了。我不喜欢游泳，所以打算乖乖等淋
浴间。"

"那……那么我也……"

佐仓不想在男生面前暴露泳衣的模样，而跟着伊吹
顺势拒绝。

堀北再次看了一眼淋浴间，便转身离开了。

会流出温暖热水的淋浴间无疑是最好的选择，不过
虽说现在是阴天，但也相当闷热。她应该是没自信在不
舒服的状态下长时间排队吧。

我和被打得狼狈不堪的山内走向帐篷。

"我要在帐篷里休息，被揍的几个地方很痛……"

山内步履蹒跚地走进帐篷，好像带有哭腔地说着。

虽说他是适合的人选，但我还真是做了件过分的事
呢……

那么堀北的情况是……她已经开始更换泳衣，外面
看不见她的身影。

这段时间，等待淋浴间的人数也正逐渐增加。轻井
泽她们后方是佐仓，跟着的是伊吹。然后，新加入排队
队伍的其他两名女生则排在最末尾。

另一方面在河里游泳的学生数量也很多，他们时而

游着泳，时而嬉闹，看起来很开心。几分钟之后，堀北和栉田都以泳装模样出现。

落单的我走向堆放着男生背包的行李放置处。

接着在营区里转来转去，四处寻找没有人烟的地方。

我大约五分钟之后回来，看见在河里洗完身体的堀北上了岸。

对身体不适的堀北来说，冰凉的河水对身体更不好吧。

她确实洗掉泥巴就满足了。

"哈哈，看来事情已经顺利进行了呢。"

我在确认伊吹排在淋浴间等候队伍最尾端后，便微微地点了点头。

6

我在男生帐篷前方等待堀北出来，之后大约过了十五分钟，便看见了她的身影。堀北的样子有点奇怪，她就这样低垂着双眼呆站了一会儿。

然后慢慢抬起头，环顾四周。

我和她对上视线，便能看见那双眼眸缥缈不定地微微晃动。

我不认为她那脚步沉重的模样单纯是因为身体虚弱。

"绫小路同学，你能过来一下吗……"

被堀北呼唤的我再一次回头确认在淋浴间前方排着队的伊吹。

"怎么了？发生什么事了吗？"

"跟我过来……这里没办法说。"

堀北留下这句话，就离开营区，往森林方向走去。

"怎么了啊？你还想进森林寻找食物吗？"

堀北没理我，继续走路。

等我们走到看不见营区时，往前迈步而行的堀北才停下脚步。

堀北回过头，打算说些什么，但她似乎内心有些抗拒，而犹豫了一会儿。

"是我粗心大意了，这件事情是我的失误。"

"失误？"

"东西被偷了。"

"你该不会是在说你的内裤也被偷走了吧？"

"不，情况更糟。被偷走的东西是……钥匙卡。这完全是我的失策。"

堀北陷入自我厌恶，露出至今我完全没见过的表情。

"正因为信任你，我才会说出来。因为我绝不会跟可能会是犯人的人物商量，而且这又是件丢脸到让人想死的事情呢……"

虽然关于这点我感到很光荣，但我可不能在消沉的堀北面前表现出喜悦来。

"我真是太失败了呢……"

"不，错的是行窃的家伙。对吧？"

"即使如此我也有责任。我身体不适、满身泥土都不能当作借口。"

堀北像是悔恨般地低着头。要是被班里的人知道了恐怕会对考试造成巨大影响。

"我本应该一秒也不离开卡片的，但是我却……"

"别责怪自己。虽然这算不上是安慰，但我认为你已经尽力了。"

我不知道她有没有在听我说话。她只是懊悔地紧咬下唇。

"现在先别告诉大家应该会比较好。我们要先掌握情势。"

"嗯……我也这么想。"

要是被全班知道一定会陷入恐慌。需要极力避免这样的事态。

"我怀疑的人物有两名。不是轻井泽同学就是伊吹同学。"

若是前者，那就是纯粹找麻烦吧。

这想法可以说是轻井泽为了欣赏堀北弄丢卡片而不知所措的模样才行窃。

"很遗憾，这种概率很低。轻井泽一直都在淋浴间前面排队。"

"你确定？"

"嗯，我确定。那两个会听轻井泽命令的女生也是一样。"

"这么一来伊吹同学是犯人的可能性就很高了呢。今天早上也可能让她知道了卡片的存在，这时机太巧了。不过你不觉得偷走卡片是非常危险的赌注吗？钥匙卡上面刻有领导者的名字，只要看到就足够了。她会特地做出会被惩罚的行为吗？"

她像在向我寻求答案一般，用不安的眼神望向我。

我把手放在堀北的肩膀上，为了让她放下心而这么说道："这事情只要找时机去问伊吹就知道。假如怀疑伊吹，那你最好盯紧她。被她拿着逃跑可是最糟糕的结局吧？"

"是呀。不过抱歉，你可以先回去吗？我马上就会追上。"

"是吗？我知道了。那我先回去监视伊吹。"

她应该也有想独自发泄的心情吧。

我留下堀北一人，回到了营地。

7

十分钟左右后回到这里的堀北感受到营地中的险恶气氛。

其原因便是从临时厕所后方可以看见灰暗的烟雾。

现在要生营火还太早，而且她也注意到地点很奇怪。

"那股烟是什么？究竟发生了什么事？"

我和堀北会合，并逮住在附近吵嚷的池，询问情况。

"大事不好了啦！是火灾啦！火灾！厕所后面有什么东西正在燃烧！"

在淋浴间前方排队的女生全都消失了。

她们是听见火灾骚动而离开的吧。

"现在也没看见伊吹同学的人影。这场火灾说不定是她搞的鬼。她人在哪里？"

"因为她发现有火灾，所以刚才走过去了。"

我们赶紧前往临时厕所后方，并在那里看见平田他们的身影。而伊吹也在场。

虽然堀北打算向伊吹搭话，但她看见伊吹那张侧脸时却犹豫了。

那是因为伊吹的表情太过真实。

她对发生火灾这件事毫不掩饰困惑之情。

"也就是说这不是她做的吗？"

这种疑问朝着堀北袭来，使她产生迷惑。

如果要偷钥匙卡，犯人就只会是伊吹。若是要引起火灾，也只能是伊吹。

然而，伊吹却还留在现场，并对火灾感到很惊讶。

我探头窥视着火点，那里还留有一迭不明纸张燃烧过后的残骸，不过由于几乎都成了灰烬，所以一时之间看不出那是什么。

然而，因为有似曾相识的部分烧剩下来，看见它的瞬间就立刻明白了。

"指南手册被烧掉了吗？"

堀北也发现似曾相似的部分，并如此问道。

"嗯，好像是这样。是谁做出这种事情呢……"

"事情一件接着一件的……"

堀北喃喃低语，懊悔地低垂双眼。

"这是我的责任。我把指南手册收在包里，包堆放在帐篷前面，而现在是白天，所以我想都没想过它居然会被人偷走……不过首先我们必须灭火……"

比起寻找犯人，平田优先扑灭火源，走向河川。

平田一面拿空塑料瓶汲取溪水，一面用阴沉的表情嘟哝道。

"为什么……是谁做出这种事情……为什么大家不能好好相处……"

平田的手自然而然用了点力，将塑料瓶捏扁。平田平时爽朗的表情不知去了哪里，甚至散发出有些恐怖的气场。平田总是作为领袖来统合班级，他的身心不断承受着巨大负担。

"我认为你没必要独自承担太多。"

我向平田说出这算不上安慰的话。他小声说句"谢谢"就站了起来。

"这件事情……应该必须好好讨论了呢。"

"是啊，D班大部分学生都目击了火灾，大家应该都想知道真相。"

平田表情气馁，将汲起的水拿回着火点。

"欸，这种事情是谁做的？这表示我们班上有叛徒吗？"

我们一回来，就发现男女生正以轻井泽为首进行互瞪形式的对峙。

"为什么要怀疑我们啊？内裤那件事跟这个是两回事吧？"

"谁知道啊。这难道不是为了要蒙混那件事才纵火的吗？"

"别开玩笑，我们怎么可能做出这种事。"

"等一下，各位。我们冷静下来再讨论吧。"

平田请我接下水瓶，我于是收了下来，代替他去扑灭剩下的火势。

平田立刻前往人群中心，为了不让大家继续吵架而介入调解。

双方也因为昨天的内裤贼事件而情绪激动，没有要罢手的迹象。看来D班每个学生都想当场就开始寻找犯人。

"总之，这样火势应该不会蔓延了。"

我把空的塑料瓶倒过来摇了两三下。里面应该已经没有水了，但着火点却有水滴滴答滴答地落下。我仰望天空。

"是下雨了吗？"

一滴水滴落在我的脸颊上。

云朵变得比刚才更加阴郁漆黑。

这是即将正式开始下雨的证据。

大家原本必须团结起来熬过最后的危机，但男女生却彼此激烈对立似的怒瞪彼此，僵持不下。

"受不了了。真是太糟糕了。这个班级里居然会有内裤贼跟纵火狂，真是太恶劣了。"

"都说了不是我们。你们要怀疑我们到什么时候啊！"

这是场永远都没有结果的争吵。平时会立刻阻止的平田，现在不知为何却呆呆站着一动也不动。他是在思考犯人是谁吗？

"宽治，小伊吹是不是不见了？"

山内发现刚才都还在附近的伊吹不见了。

而且我们也发现她原本放着的包消失了。

"难不成这场火灾的犯人是……"

"很可疑……对吧？假如要引起火灾，这果然还是……"

男生们开始怀疑伊吹，女生也开始一点一点地发出怀疑伊吹的声音。

然而，在解决问题之前雨势越来越大。

"糟糕，讨论就暂且搁置一下吧。行李要是湿掉就糟了。"

池他们开始急忙将食物和放在外面的行李收到帐篷里面。

"平田，请给我们指示！"

池虽然这么对平田搭话，但他却待在那个地方一动也不动。

平田盯着空无一物的地方，一直静止不动。

在他这么呆站的期间，雨声逐渐变大。

我有点在意平田的情况，靠近他的身边。可是他好像完全没发现我。

"为什么……为什么事情会变成这样……这样的话就跟当时一样了……"

我不明白他低声呢喃的话中含义，但很清楚的是事情非同小可。

这不像是我认识的那个总是冷静沉稳的平田。

"我……我是为了什么？至今为止都是为了什么……"

"喂，平田，你在做什么啊！"

远方传来呼唤平田的声音。即使如此平田仍像是没听到一样，一点也没打算移动。

我轻轻把手放在平田的肩膀，他吓了一跳，然后慢慢回过头。

"池在叫你。"

"咦?"

平田的表情毫无生气并且苍白。

池再次呼唤平田。虽然很缓慢,但平田慢慢恢复了正常,发现下雨了。

"是雨……"

"你最好去帮池他们忙,衣服都还晾在外面呢。"

"是……是呀,我们得马上收进去。"

"绫小路,平田那家伙没事吧?"

"他似乎大受打击呢。毕竟事件接连不断地发生。"

"我初中班上有个公子哥,很有责任感,因而压力也很大。有次情绪就崩溃了,之后班上有阵子变得一团乱呢。"

"你的意思是你在平田身上也感受到了那种征兆?"

"哎,虽然情绪崩溃有点说过头了,不过总觉得他有点危险。"

须藤犹如野性般的直觉意外地准确。

平田在这场特别考试开始之后,就背负着各种压力在行动。

那些事情费劲到无法与校园生活中的麻烦相提并论吧。

平田周围的环境确实在改变。

轻井泽的内裤贼事件,外加火灾骚动。他的内心就像这片天空一样变得阴沉。

"哎，现在就先想点办法处理行李吧。"

我们混进已经开始在收拾的学生里一起帮忙。

好在约莫一分钟后就收拾完了。

"一切准备……都做好了呢。"

伊吹消失踪影一事虽然在我的预料之中，不过堀北也一同消失了吗？

我原本推测可能性各半，但是现在情况好像朝着对我有利的方向发展。

我看准通向海边的道路，慢慢迈出步伐。

<h2 style="text-align:center">8</h2>

我硬是移动着沉重的身躯，在越来越猛烈的雨势当中追赶着伊吹同学。

天空积聚着乌云，遮蔽了阳光，视野因此很差。虽然看不见伊吹同学的身影，不过幸亏地面泥泞留有足迹。只要沿着这些足迹，就能找到她。

我从营地沿途向前走了大约一百米，意外的是那人停下了脚步，仿佛正在等待着自己期待的来访者而站着不动。

我不禁藏身至暗处，但看来这没什么意义。

"你打算做什么？"

伊吹同学头也不回，她的声音穿过细雨声传了过来。

"我已经发现你追过来了，你还是出来吧。"

"你是何时发现的？"

"从最开始。"

她简短答话的模样，有种至今从未感受过的阴森感。虽然安静且寡言的形象没有改变，但却有什么地方不一样。

"所以你为什么要追过来？"

"我要是不直说出来，你就不明白吗？"

"我不知道欸。"

这样简直就像我是坏人似的。

"你不是最清楚被我追的理由吗？"

"不过我是真的没有头绪。怎么，你有什么事吗？"

伊吹回过头，直直凝视着我的双眼。

那双眼眸里完全没半点阴霾，我甚至还差点向她道歉。

我没有确凿证据，只是相信自己的直觉在行动。

"你不觉得就算说谎也是无可奈何的吗？"

她瞬间看穿我的迷惘，紧接着说道：

"至少我想从你口中得到追赶我的理由。"

"内裤被偷、火灾骚动。D班还真是灾难连连呢。"

"这又怎么样？"

"你应该很清楚我们班上部分同学正在怀疑你吧？"

"嗯。毕竟我是外人，被怀疑也没办法。"

"换句话说就是这么回事。"

"你想说我就是犯人？你有什么证据吗？"

"很遗憾，关于内裤那件事情我没有任何证据。可是我认为犯人就是你。"

"这还真是过分欸。你居然没证据就怀疑我。"

我也只能称赞她的手法就是如此高明。

因为她直到考试的第五天都没采取任何行动。通过表示自己不想接近 D 班，反而不让我们起疑，并让她一直待在我们班上直到考试结束。

"你今天的行动就是我怀疑你的理由。你应该不需要我过多解释吧？"

我必须想点办法从伊吹同学那里取得证言。因为由我开口说明所有怀疑理由也就等同招认自己就是领导者。即使我有百分之九十九的自信，但假如她有百分之一的无罪可能，那我就不得不避免直接追问。

"那我就直说了，把你从我这里拿走的东西还给我。"

眼前的伊吹同学也没看着我的眼睛，便如此说道：

"我不知道。"

她这么回答后，就快步迈出脚步。

我也配合她的速度追了上去。

伊吹同学改变了前进路线，往森林里走去。

"你要去哪里？"

"谁知道我要去哪里呢。"

　　要在森林里笔直前进是很困难的，我在这几天深有体会。

　　而且在这种天气里视野很差。

　　可是伊吹同学毫不介意地在森林里踏着步伐。

　　我是为了知道真相才追过来的，所以不能在这里放弃。既然我出了丑，那就不得不负起责任解决问题。

　　我必须挽回失误、我必须挽回失误。

　　我的脑海里多次重复着相同的话语。

　　考试才刚刚开始，我可不能在这种地方失败……

　　这也算是我对于那个曾对轻井泽同学态度强硬的自己所做出的一个交代。

　　我的心跳开始加速，慢慢地屏住气息，缩短与伊吹同学之间的距离。

　　根据情况，硬把卡片拿回来也必须列入考虑范围之内。

　　没问题，我可以顺利做到。可以顺利做到、可以顺利做到、可以顺利做到。

　　我自己也很清楚我现在并不冷静。

　　可是，即使如此现在我也只能自己想点办法，毕竟我没有任何人能够依赖。

　　至今为止我都是自己一个人闯过来的，从今以后我也可以自己一个人闯过难关。

　　比起森林中开辟出的道路，风雨的阻碍算不了什么。

然而，视野却相对变得更差。而且就如我所想的，道路的状况也变得更加恶劣。

而且在小径里左右前进的时候，我逐渐失去了方向感。不过最大的问题还是我的身体状况。我知道从刚才开始我的身体状况就在不断恶化。

虽然迄今都有感冒前兆或者发烧，但还能撑一撑，不过因为淋了这场雨，体温下降，我的身体情况因此突破底线，感冒一口气向我猛扑而来。

伊吹同学突然停下脚步，然后仰望着一棵树。她视线前端的树上绑着一条被雨淋湿的手帕。

"你要追到什么时候啊？能不能适可而止？"

"直到你把从我这里偷走的东西还来为止。"

"你能冷静思考看看吗？假如是我偷走钥匙卡，怎么可能一直拿着那种危险的东西？要是被谁看见，我就会立刻失去应考资格。而且这还不是只有我自己一个人失去点数就能了事的欸。"

我只说了把偷走的东西还来，一次也没提到过钥匙卡。

换句话说伊吹同学刚才招供了。

伊吹同学对于打算追究这点的我露出雪白牙齿，浅浅一笑。

"我不打自招了，你是这么想的对不对？很遗憾，这并不对。"

"那么，这是怎么回事……"

"也就是说我也厌倦和你说话了。"

伊吹同学蹲下之后，双手便开始掘起地面。

"呼、唔……"

强烈的晕眩及呕吐感袭来，我不禁将背倚靠在身旁的大树上。

"你的身体似乎很不好呢。"

伊吹同学察觉我到这里的状况而回过头，不过她立刻又继续进行作业。

"呼……呼……唔……"

我至今都尽量不让自己的呼吸紊乱，但现在已经无法做到了。

运动衫吸收不停落下的雨水，迅速地夺走了我的体温。

光是要忍住躺下的冲动，我就已经竭尽了全力。我连好好抬起头都办不到。

假如考虑到体力问题，那我只能现在展开行动。

"伊吹同学，我要以武力来搜查你了。这样子你也不介意吗？"

我喃喃说完，伊吹同学就停下挖土的动作，站起来朝我走来。

"武力？你能再说具体一点吗？你的意思是要施暴吗？"

"这是最后的警告。请你乖乖地把东西还给我……"

我用强硬的口吻与伊吹同学对峙。虽然我很想避免采取强硬手段，但似乎是不可能了。

这种模样可不能让其他人看见呢……以前，须藤同学曾因殴打 C 班学生引起问题，并闹到了学校。当时，我断定他有罪。我曾认为那是他自作自受而抛弃过他。

而那样的我，现在却像这样打算用暴力解决。这还真是个不得了的笑柄呢。

"最后的警告……我知道了、我知道了。既然这样那就随你高兴吧？"

她把包放到地面后便轻轻举起双手，摆出投降的姿势。

到这地步她还真老实呢。可是，她的模样也不像是死了心。

但我不能错失这个机会。我为了确认包而伸出手。

下个瞬间，伊吹同学纤细的腿便往我的脸上踢来。

我被"假如她打算攻击我"的这个警戒心所拯救。

我往后一跳，回避踢击。

溅起的泥土附到我采取防卫姿势的手臂上。

"哦，挺厉害的嘛。"

"施行暴力行为可是会立刻失去考试资格的……"

"你是说在这种地方会被谁看见吗？你也有意这么做吧？"

她冷冷一笑，下个瞬间马上抓住我的肩膀推倒我。

我对于她意料之外的动作来不及采取防护动作，就这样倒在泥泞的地面上。

"能请你稍微休息一下吗？"

对已经遍体鳞伤的我来说，她那张从正上方俯瞰着我的脸庞模糊不清。

伊吹同学抓住我衣襟，拉起我的上半身，同时紧握拳头。

假如正面承受这一击，我就会失去意识。

我用流畅的动作拂开她，并在地面打了一个滚逃了出来。

我用力抬起上半身，把手撑在泥泞的地面爬起。

我第一次庆幸自己学过武术。

"哦？真是出乎意料地动作灵活。你学过什么吗？"

伊吹同学不慌不忙，评鉴着我似的露出钦佩的目光。

她瞬间看穿我有习武经验，这也代表着她并非一般人。现在的情况只能用最糟糕来形容。

"真是的……我在这场考试还真是出尽洋相了呢。"

我对 D 班不仅没半点贡献，而且在身体状况明明不好的情况下还厚脸皮地出风头，因此拖累拼命努力的 D 班。

要是我在最开始说出来就好了，说出自己身体不舒服，想麻烦其他人担任领导者，或者明明只要拒绝就好。可是我的自尊心却阻碍着我，不容许我这么做。

我讨厌那个瞧不起许多人、骂别人没用，却又派不上用场的自己。

哈哈……我的心里发出了干笑。

至今为止，我曾像这样为自己辩解过吗？

"偷走钥匙卡的人就是你，对吧？"

打算追击的伊吹同学停下动作，立刻缩短了与我之间的距离。

她假装要用右手臂攻击，实际上使出了踢得很高的高速踢击。

我闪过这击，接着想反击而伸出手臂。伊吹同学立刻察觉危险，闪过我的手，又切换至下一次攻击，强迫我进行目不暇接的攻防。

在路况很差的情况下，她的脚步熟练，让人觉得她并没有把糟糕的路况放在眼里。我能看出来她会毫不犹豫地伤害他人。

伊吹同学仿佛正在享受这状况，露出洁白的牙齿笑着。

我居然会以这种形式看见她大笑的表情。

因为四处跑动的关系，强烈的寒意与呕吐感席卷而来。我连站着都很勉强。

"作为你努力到现在的奖励，我就告诉你真相吧。偷走卡片的就是我。"

伊吹同学把手伸进口袋，慢慢取出卡片。

面向我的卡面上确实刻有我的名字。

"都到这地步了，你居然会爽快承认。"

"因为到现在这地步承不承认都没关系了呢。你没有我施暴的证据，绝对无法要校方做出正确的判决。对吧？"

伊吹同学的推断是对的。校方完全没有任何方法能够情况的真相。

伊吹同学也和我得出同样的结论。

即使我在这里被她单方面殴打，伊吹同学也可以说出许多推脱之辞。就算我去申诉，双方也都会受惩罚。吃亏的会是拥有点数的D班。

虽然机会很渺茫，不过只要拿回钥匙卡，我们也有脱险的可能性。

我只能通过掌握确凿的证据，来让C班承认自己的错误。

钥匙卡上留着指纹，我有机会能够主张自己是被窃的受害者。校方为了究明真相，说不定会进行彻底的调查。我不能舍弃这份希望。

然而，要是我无法在下次动作压制住伊吹同学，我就拿不回钥匙卡了。我不认为她会是采取如此大胆行动的笨蛋。要是卡片被她带着离开，应该就永远都找不到了吧。这样的话，事情就只会变成"卡片被偷走"以及

"我没行窃"的争论。

我已经没有足以跑去接近她的力气，而且我就连足以握拳的体力也都没了。我只能完全利用对方的力量。

伊吹同学似乎在赶时间，又或者好像是太小看我。她飞奔过来发起攻击，就像是个享受单方面狩猎的猎人。

她的视线突然望向我的脚边，不过这是假动作。伊吹同学虽然将意识集中在我的下半身，却毫不犹豫以最小限度的动作将右拳挥向我的脸。我千钧一发地避开这掠过我发际的近距离攻击，以顺着这股力量的形式，稍对她背部施加力道。即使这不至于让她跌倒，但她也失去了平衡。我试图抓住她的胳膊，转眼间她又掌握了局面，巧妙地避开了我的手臂。

她应该是看穿了我打算利用她的力量及速度来攻击了吧。不过，我也已经猜到她会避开。我挤出最后的力量，将左拳用力捶向她的心窝。

"哈！"

伊吹同学变得无法呼吸，痛苦似的当场跪下。但我的体力也同时到达极限，视野软绵绵地扭曲着。我无法进行追击，按着自己的头。

"太糟了……我已经到达极限了……"

我勉强着自己激烈活动身体，导致身体状况已经糟糕到绝望的地步了。

可是我不能在这里倒下。我那一击打得很浅，还不至于打倒她。

"我不懂欸……我还以为你肯定掺了一脚。"

伊吹同学一面擦拭着满是泥土的脸庞，一面站起来。

"掺了一脚？你是指什么？"

伊吹同学瞬间表现出犹豫是否该说出来的模样，但不久就嘟哝道："烧掉指南手册的人不是我。"

"都到这种地步了，你还打算继续说谎？"

"你说烧掉那种东西对我会有什么好处？大家必然会因为那场火灾骚动而再次开始搜查犯人。你们迟早会怀疑我。这实在是有百害而无一利吧？"

"这……"

确实如伊吹同学所言，她在发生火灾前偷走了钥匙卡。

她没必要特地做出烧指南手册并煽动大家情绪的这种事。

那是谁做的？烧掉指南手册会有什么意义吗？

"我拐弯抹角地和你说话也是为了确认这件事情呢。但看来好像不是你。不过这样就让人无法理解了呢。你认为 D 班里会有那种人吗？可能比你还早发现我罪行的人。"

伊吹以一副我不可能知道的样子说道并叹了口气。

"唔……难道说……"

我的脑海浮现某个人物的身影之后，就立刻察觉伊吹同学从我的视线中消失。下个瞬间，被钝器击中般的冲击袭向我的头部。我被用力推倒。

"闲聊就到此为止。"

即使我下意识觉得必须爬起来而撑起了手，伊吹同学仅以右脚轻轻拨开我的手，我便束手无策地再次倒下。

伊吹同学抓住我的刘海，用力往上拉。

"放……放开……"

"抱歉啊，我可是很忙的。"

她迅速高举手掌瞄准我的脸颊。我的思绪及身体都到达极限，不过即使如此我也不能就这么被她给打败。我拨开她那只抓住我刘海的手。

然后以不美观的动作站起，试图与她保持距离。

可是我的脚不听使唤，耗尽力气再一次倒下。

"你难道认为这种强硬的手法能被原谅的吗？"

"谁知道，我并没有兴趣。"

她缩短了与我之间的距离，高高抬起脚，用力踩踏着我的脸。

到底重复几遍了呢？我……铸下了大错。

我因为尝试自己挽回错误，而使状况变得无法挽回。

9

我俯视着完全失去意识的堀北，并在原地深呼吸。

好久没碰到如此难缠的对手。

倘若这家伙的身体状况良好，说不定我就赢不了了。

这女人就是这么厉害。

我继续干活，不久就挖出被塑料袋包住的手电筒与无线电对讲机。

如果可以的话我还真不想使用这东西就能完成任务。

"什么？"

我取出埋在地底的两样东西，便立刻陷入一种不可思议的感觉之中。

我不清楚原因，只是隐约觉得它的状况好像跟我埋入时有些不同。

"是因为下雨吗……"

我觉得是自己想太多，接着使用了无线电对讲机。然后告诉那个在某处等待联络的男人我现在的位置，并为了让身体休息而坐了下来。

接着大约过了三十分钟，我的视野前方亮起手电筒的灯光。灯光闪烁了两次，三次。这就像是摩斯密码那样精准规律。我用脚边的手电筒传送相同暗号。引导彼此的光线就像在互相共鸣，并且逐渐增强。

然后，那个我看都不想看且令我火大的人——龙园，现出了身影。

"哦，辛苦你了啊，伊吹。做得很好。"

"这是当然的吧。"

"当然？你要是不出纰漏，我就不必冒着风险来这里了呢。"

"这也没办法吧。我没想到数码相机居然会有故障。"

对，只要数码相机没坏掉，那我拍摄完钥匙卡便能了事。这样就会获得确凿证据，也就没必要使用无线电对讲机叫出龙园。结果我却冒着巨大风险拿走钥匙卡，还让堀北知道了我的真面目。

"卡片呢？"

"在这里。"

我从口袋取出卡片，并把它交给龙园。龙园用手电筒照亮，确认上面刻着的名字——"Horikita Suzune（堀北铃音）"。

"你也过来这里确认吧。这本来就是你提的条件。放心吧，在这种天气与黑暗之中照理不会有任何人在。你要提防倒是没关系，不过别浪费时间。"

男人从阴影处现身。他是A班一个叫作葛城的男人。

他是冷静沉着且稳健的人，是个与我们C班领导者性格完全相反的男人。

我故作冷静，但内心再次体会到龙园的恐怖。

龙园在这场考试开始后，就马上对我说要拉拢 A
班，可是没想到这家伙竟然真的成功了。这究竟是如何
办到的……

葛城从龙园手上接过堀北的卡片，用他那双眼睛亲
自好好确认了卡片。

在这座无人岛上也不可能伪造。

"看来这是真货。"

"这样你接受了吗？"

尽管我们出示了确凿的证据，葛城也不改他那严厉
的表情。

我听说过他是个谨慎的男人，但谨慎到这种地步的
话，应该就是种病了吧。

"不过真亏你能够潜入 D 班呢。你没被怀疑吗？"

"假如用一般方式，确实会被怀疑没错。哎，怎么
办到的可是商业机密。"

我不知不觉间抚摸着自己的脸颊。我提出要对 D 班
进行间谍活动的作战时，龙园用力揍了我。谎言才因
此变成了真实。那份痛楚，以及对此的憎恨，全都是
真的。

D 班的学生当然就误会我是被打并且被驱逐。

假如我没有受伤，想必就不会那么顺利地潜入 D 班

276

了吧。

"你别一直沉思啊。正确与否的这点判断，你应该做得到吧？何况你现在已经半处于将自己交付给我们的状态。你可别做出在此罢手的糊涂事。"

"是啊。"

他虽然这么回答却还是没有接受。龙园看着他这副模样，比起焦躁，反而露出宛如扑向猎物般的笑容，如此低语：

"你不在此立下大功怎么行？我可是知道自从你参选学生会选举但落选的传闻散开之后，坂柳派就在A班处于上风的事情哦。现在可是个机会对吧？"

"你这家伙……为什么你会知道这件事？"

"通过和我们联手来让A班巩固地位。这么一来，倒戈的那伙人也会回到你旗下，对吧？还是说你要与我为敌呢？要是这样事情会变得如何呢……"

葛城并不是和恶魔交换了契约，只不过是交涉了而已。不过他这个想法太天真。与恶魔对话，最终将连结至强制性的血之契约。

"机会只有坂柳不在的这个时候。无法在此当机立断的家伙是没办法统治A班的。"

"按照约定，我方也同意成立交涉。我就接受你的提议吧。"

葛城说完，就对龙园伸出手。龙园不做回应，只浮出无畏的笑容。

"这样就好了。你做出了正确的判断。"

"等等，所谓交涉是指什么？也能详细告诉我吗？"

这些家伙想做什么都无所谓，但我也有权利知道。在以 A 班为目标的这方面，我必须判断支持龙园是否正确。

"我和 A 班联手了呢。"

"请允许我先回去。我不想久待而提升风险。"

葛城把那张钥匙卡还给我，接着独自消失在黑暗之中。

"所谓交涉是指什么？它的内容是什么？相应的回报又是什么？"

天空因雷雨而闪出一道白光，雷鸣随后便与之一同落在海的方向。龙园一点也没被吓到，只是浮出毛骨悚然的笑容，并告诉我契约内容。

其内容复杂且不单纯。不过假如用一般方法，即使费尽千辛万苦也很难达成吧。我们约定好要付出巨大的代价。大部分学生弃权并在船上尽情享受假日——包含这考前完全无法想象到的状况在内，一切都按照龙园的计划在进行。虽然我很讨厌这家伙，但他果然是个最接近 A 班的男人。我再一次理解到这一点。

"可是……葛城会持续遵守约定吗？他说不定迟早会毁约。"

"我当然考虑到了这点。那家伙一定会遵守约定的。"

我走近堀北，擦掉自己的指纹之后，便让她的手握住钥匙卡。这女人做不了任何事了。即使知道自己被C班看穿领导者身份，直到考试结束为止她也只能默默忍受。正因为我观察了D班一周才会有这种把握。这女人不信任任何人。知道钥匙卡被偷走也没立刻向同学报告。她好像唯独对绫小路敞开心扉，不过那个男生也是孤立型角色。再加上他也很无能，根本就算不上是威胁。而且只要她还拥有钥匙卡，她因为自己的失败而让人看穿领导者身份的这件事，说不定还可能不被D班其他人发现便了事。

我对这个女生的性格有一定的了解。她忍耐力强而且倔强，是不会听取他人意见的。换句话说就算有多么痛苦，下的时间她应该都会忍耐下去。

"你就尽管运用你那聪颖的脑袋来保护自己吧。"

接着，我们便静静融于漆黑的森林之中。

10

我快步踩踏在濡湿的地面，追在伊吹后面。天气是个很棘手的问题。根据天气状况，我可能会被困住，也可能会卷进事故。而且日落的比我想象中还快。要是不使用手电筒，在森林前进将会开始变得困难。而这也是个不安要素。雨势变得越来越大，而且逐渐开始刮起猛烈的狂风。

　　天气虽然不好，不过这也不是没有好处。

　　豆大的雨滴使我只能确保前方几米远的视线。虽然要是我走进任意一条岔路就很可能会迷路，不过幸亏下雨，她们两人的足迹留在泥泞的路面，所以我只要追着这些足迹就好，相当轻松。可是，这足迹却在途中忽然中断了。不对，这并不是中断，而是延伸到更深邃的森林里去了。从她们以锐角角度改变前进路线看来，表示她们并非迷路，而是刻意走入森林里。

　　我用手电筒照向森林里面，发现两人的足迹不断进入深处。

　　她们没有任何理由特地走向危险的森林。为了以防万一，我把灯光照向通往海边的道路。可是地面很干净，没有足迹。

　　我用手拂去从刘海滴下的雨水，跟着足迹进入森林里。

　　视野当然越发恶劣。现在也可以说是已经入夜了。我仅凭两人的足迹在这片甚至笼罩着阴森氛围的森林中不断前进。

　　我大概走了三十米左右了吧。视野前方一瞬间照来光亮。

　　我立即熄掉自己携带的灯光，隐藏自己的气息。我盯着那道光的方位，看到灯闪了一下、两下。那是手电筒。就像是在彼此传送信号一样。会是伊吹和堀北吗？不，这不可能。伊吹就姑且不论，堀北应该没有携带任何能够成为光源的物品。我朝着那道光悄悄走去，缩短了距离。

我的耳朵里听见犹如雨中小杂音一般的人声。我接着隐藏自己的身影。

有谁在那里？他们在说着什么？这都是微不足道的事。问题在于我是否会被他们发现。只要没被他们发现就好。把握情势是次要。

接着过没多久手电筒的灯光便远去了。看来他们已经结束谈话。

为了以防万一，我一边警戒着，一边慢慢靠过去。结果那里……

大树旁倒着仿佛咽气一般失去意识并且浑身是泥的堀北。

钥匙卡掉落在她那无力垂下的手附近。

堀北受伤的身体，外加土壤被挖开的痕迹。

从状况看来，我确定堀北是领导者的事已经被伊吹以外的人物给知道了。我捡起钥匙卡之后就抱起堀北。

"嗯……"

堀北感受到被抱起的异样感，微微发出声。虽然很缓慢，不过堀北地虚弱地睁开双眼。

"你醒过来了吗？"

"绫⋯⋯小路同学？"

她好像没能理解自己的状况，恍惚地说出一句话。

"唔⋯⋯头⋯⋯好痛⋯⋯"

"因为你烧得很严重呢。你最好别勉强自己。"

"是吗⋯⋯我被伊吹同学⋯⋯不过你为什么会在这里⋯⋯"

我明明就叫她睡觉，可是堀北却以会烧得更严重的气势在思索着各种事情。

接着一点一点开始理解。

"偷走我钥匙卡的人⋯⋯果然就是伊吹同学。"

"是吗？"

"我已经无法再瞧不起须藤同学他们了呢。"

她仿佛在悲叹自己暴露丑态，造成现在这束手无策的事态，闭上了双眼。

"这也不是那种能二十四小时持续躲藏的考试吧。不管怎样都会露出破绽。"

我本来自以为是在圆场，但这令伤心的堀北更加沮丧。

"要是我能够去依赖谁，这种事情就能避免了呢⋯⋯"

假如真心想要彻底保护领导者真面目，应该去依赖打从心底能够信任的伙伴。这么一来，就会如字面一样，能够以二十四小时的体制来彻底保护卡片的存在。

然而堀北并没有一个能帮她忙的朋友。

"真丢脸。"堀北如此反复小声呢喃道。

"我在失去意识时，总觉得听见了龙园同学的声音……真是奇怪呢，照理说他应该早就弃权退出了……"

"你失去意识了，大概是做梦了吧。"

"假如是梦，那就更糟了呢……"

她隐约听见了龙园的声音啊。即使睡着失去意识，她的脑袋也自动让自己保持清醒。就算无意识之间听见龙园的声音也不奇怪。

"对不起……"

当我不发一语地沉思时，堀北道歉了。

"你为什么要道歉啊?"

"这是因为……除了你之外我就没有人能够道歉了……"

嗯……原来如此。这句话还真引人深思。

"假如你觉得很抱歉，那今后就要结交值得信赖的朋友。首先要从这点开始。"

"这还真是难办呢……因为不管是谁应该都不会理我这种人的。"

对于这种彻底放弃的自嘲，我反而感受到如征兆一般的东西，因此笑了出来。

"虽然被你笑也没办法，可是被瞧不起的感觉还真是不愉快呢……"

"不，不是这样。因为我在想你心里也开始感受到

伙伴是必要的。”

"我才没说过那种话……"

如果是平时的堀北，她可能已说出污辱对方之类的话了，然而这次话里却含有其他意思。她的话里包含自责的意思。

不然她不会拐弯抹角地说出"谁都不会理我这种人"。

即使如此这应该也不简单呢。要是可以马上改变她至今为止坚持的行事风格，那谁也都不必辛苦了。堀北那双呆滞眼神，与其说是看着我，看起来反倒比较像是通过我在看着谁。

"这种事情，我明明很久之前就已经知道了……"

人在这世上是无法独自生存的。因为学校和社会都是由众多人所组成。

"别再说话了，你可是病人。"

我为了让她乖乖休息而劝说，但堀北没有停止忏悔。

然而，堀北心中并无依赖他人的选项。她明明有看见，但是又不去选择它。

"我一定会靠自己的力量升上 A 班。我一定会挽回这个失败……"

她无力地抓住我的衣袖，如此向我诉说。

"我已经做好准备会被全班怨恨……毕竟我铸下了

这般错误。"

"在这所学校里，就算你独自奋战也无法升上 A 班。无论如何同学的协助都是必要的。这可是不可避免的。"

她连睁开眼的力气都没有，闭上双眼。

堀北抓住我袖子的那只手，力道虽然很微弱，却也让我感受到了其中蕴藏的力量。

"我不能认同你。就算再辛苦……我也要凭一己之力……"

"啊……吵死了，你不要再讲话了。你一个病人不管讲什么都没有说服力。"

我用力抱紧怀里的堀北。

"你无法承担这重责大任。你不是那么坚强的女生。真是遗憾。"

"你是要我放弃吗？放弃晋升 A 班的梦想、放弃让哥哥认同的梦想。"

"我可没说过这种话，你也没有必要放弃。"

我俯视缩在我怀里痛苦的堀北，并补充道：

"假如你无法独自战斗，那只要两人一起战斗就行了。我会助你一臂之力。"

"为什么？你不是会说出这种话的人……"

"谁知道呢。"

我含糊其词。过了不久，精疲力竭的堀北再次失去了意识。

现在必须做的就是不被任何人发现地将这家伙搬出去。虽然让她弃权很简单，但我不清楚手表的紧急按钮是怎样的东西。

万一它是会紧急出动直升机的装置，那附近想必会响彻螺旋桨刮出的强烈风声。

"噢……我走错路了吗……危险危险。"

我怀着要是能找到小径就好的心愿前进，但遗憾的是，我到了一个很陡峭的悬崖。我要是再踏出一步应该就会掉下去吧。

我照亮下方，这里似乎大约十米高。很遗憾，不过我好像正沿着错误的方向走。总之先折回原本的路吧。

我为了不给堀北造成负担而打算慢慢往反方向调头。然而……

我脚下的土壤不幸崩塌，身体因而失去平衡。假如我是一个人，应该可以使劲用脚撑住或者抓住树木，但可惜的是我双手抱着堀北而腾不出手。我无法避免坠落。我为了保护堀北而瞬间卷起身躯，滚下陡峭的悬崖。

我在数秒间里好像失去了意识。落下后的记忆并不是很清楚。

总之，堀北没受伤就能说是幸运了吧。

我仰望倾斜的崖面。在抱着堀北的状态之下，我实在不太可能爬上去。

"我搞砸了呢。"

然而，现在可不是进退两难的时候。

我这次将失去意识的堀北背在背上，打着一支手电筒往漆黑的森林前进。

打在身上的雨水毫不留情地夺去了我的体力。最重要的是，我背后的堀北传来的热度非比寻常。再这么淋下去会很危险。

可是这里是森林，不可能幸运地找到可以躲雨的地方。

那么就只能依赖大自然的力量。

幸好树木都很茂密，依据地点不同，也有不容易淋湿身体的地方。我在周围找到一棵特别粗壮的巨树，虽然当然无法遮住所有雨水，但即使如此，茂密的树叶也能够阻挡许多雨水。

我轻轻放下堀北，让她横躺着。这时候运动衫弄脏也只能请她忍耐了。我席地而坐，接着让堀北的头躺在我腿上。

要是现在周围很凉爽，那还算得上是个安慰。不过由于湿度很高的关系，相当闷热。

身体状况糟糕的堀北好像觉得很冷，不时地缩起身子发着抖。

我心想要是能稍微减轻她的负担就好，于是把她抱近我的胸口，静静等待时间流逝。

　　究竟过了多长时间了呢。堀北在重复紊乱呼吸的同时醒了过来。她好像因为精神恍惚的关系，无法理解自己身处的情况。

　　"为什么……你会……我怎么……"

　　堀北似乎一时陷入错乱，而想不起不久之前的事。

　　我说明事情原委。但我不太确定她有没有理解我所说的。

　　"是这样呀……我想起来了。"

　　"那就好。"

　　"这就难说了。我也回想起了自己的失败，所以这是最糟糕的事情。"

　　她还能说出这种自嘲段子，那就暂且能放心了。

　　"差不多快六点了。堀北，虽然我想你会很难受，但是你应该弃权。你身体撑不住了吧？"

　　她至今或许都是一路勉强假装过来，但她已经不可能再继续这么下去了。

　　"这我办不到。我不能让班上因为我而失去三十点……我可是对使用点数的轻井泽她们很严苛呢。我这样岂不就像是个笨蛋……"

　　校方对于身体不适的惩处很重。光就点数来说，惩罚会比轻井泽个人利用的点数还多。堀北懊悔似的把手臂放在自己的眼睛上方。这是为了要隐藏湿润的双眼吗？

"不仅如此……我还让钥匙卡被偷走了。你能理解我?"

"D班又会失去五十点。"

堀北轻轻点头。这么一来D班的点数便所剩无几了。

"你别管我了,先回去吧。这么做的话,就只有我缺席点名而已。"

"那你打算怎么办?"

"明天早上……我一定会自己想办法回去。只要在点名时忍耐一下,一定有办法不退出考试。"

那样就只用扣五点,她应该是这样想的吧。

"这状况可没这么简单。你现在相当虚弱,而我们班主任也没单纯到你靠演技就能够骗过去。最重要的是,你再怎么样也没办法靠自己的力量回去。"

"即使如此我也只能这么做……这是为了让D班留下更多的点数。"

除了钥匙卡这件事,关于点名与弃权方面也能够守住点数。那应该并不是个小数目。

"你走吧。"

堀北极为虚弱,但她那语气,却让人感受到不屈不挠的斗志。

她就算可以忍受自己扯后腿,也无法忍受自己连累他人。

我陷入沉默后,她便摇摇晃晃爬起,把头倚靠在树上。

这应该代表着——别管我了。

"那我就不客气地抛弃你了。要是这样下去我可是会被同学责骂的呢。"

"嗯,你这是正确的判断。一切责任都在于我。"

堀北即使面对我无情的抉择,也称赞这是恰当的选择。她只对极为虚弱的自己本身感到羞愧。她抱紧颤抖的身躯,忍受寒冷。不依赖他人的性格也很难搞呢。

天气状况依然恶劣,风雨没有要平息下来的迹象。

"你明天早上真的回得来吧?"

"嗯……没问题。"

"堀北,你认为在这种情况下不弃权是正确的吗?"

我不小心说了多余的话。

"这是当然的吧……我没有弃权的选项。"

虽然她要燃烧不屈的斗志倒是无所谓,可是要是因为这样而输掉,就没有任何意义了。

"你觉得为什么你现在会被逼入绝境?"

"这是因我怠惰而招致的失败,仅此而已。"

"不对,完全不对呢。"

堀北铃音按照自己的步调拼命奋战过。然后,她试图平安无事地结束考试。

"走吧……正因为我把你当成我的伙伴,我才会这样请求你……"

堀北说完捂住吃惊的嘴。

"我要改正一下……刚才的话就当我没说过。"

"不，我认为这是最不能当作没有发生过的部分呢。"

"够了。我会……自己……唔……"

突然爬起身果然对堀北而言是个负担，她痛苦地闭上双眼。

"走吧，拜托……"

堀北最后留下这些话，又失去了意识。

我轻轻抱起堀北，为了尽量让她舒服些而替她移动了位置。

我站起来之后，便抬头仰望丝毫没平静下来的漆黑天空，叹了口气。

"虽然由她自己的意思来退出考试，事情会比较轻松呢。"

这位顽固的公主大人，到最后都不打算放弃考试。

真是优秀。没错，我认为你很优秀。你的想法与行动几乎都是正确答案。

不过啊，很遗憾。堀北，你弄错了一项决定性的事情。

仅限于现在这个瞬间，我就发自内心地说出来吧。

我不曾认为你是我的伙伴，而且也不曾作为同学担心过你。

　　这个世界上"胜利"便是一切。无关乎过程。

　　要牺牲多少都无所谓。只要最后我能"胜出"就行了。

　　无论是你还是平田，不，所有人都只是为了让我取胜的道具。

　　堀北会被逼到这种地步不是她自己的责任，是我让事情变成这样的。

　　所以别怪罪自己。因为你对我派上用场了。

　　我一边照着手电筒，一边在泥泞的道路上前进。

　　我的鞋子已经满是泥巴，鞋子也浸湿了。但我毫不介意。我要先掌握自己的所在位置。

　　我们刚才下了悬崖，一定远离了D班的营地。

　　不过反过来说，我们无疑缩短了到海边的距离。

　　我凭着脑中的地图，在这几天走着的森林之中向前迈进。

　　"果然很近啊。"

　　不久，我就抵达了海边。海上漂着亮着灯光的船只。

　　接着，我花了几分钟回到原本的地方，抱起无力倒在那里的堀北。她漂亮的脸蛋被泥巴给弄脏了。

　　我抱起堀北，但她完全没有恢复意识的迹象。

我抱着堀北，并非往营地方向，而是朝着海边迈出了步伐。然后不断走着。时间已经过了晚上七点，不过我总算是在目标时间内抵达了海边。

教职员们设置的帐篷现在也已经被折了下去，以防被风吹走。我登上架设在码头的舷梯，抵达船上的甲板。

一名教职员察觉我们的存在，并跑了过来。

"这里禁止进入，不然你会失去考试资格。"

"她是紧急病患。她发了烧，现在失去意识了。请立刻让她休息。"

我说明情况后，老师便做出指示让人拿了担架来，然后让堀北睡在上头。

"这样她就是弃权退出，对吧？"

"是的。不过请让我确认一件事情。现在还是八点以前，所以她的点名是无效的对吧？"

现在是晚上七点五十八分。虽然很险，但应该是毫无疑问地赶上了。

我必须先在此获得老师的诺言。

"确实如此。勉强是这样。不过你可就出局喽。"

"我知道。还有另一件事情，我要退还这张钥匙卡。"

我从口袋里取出钥匙卡递给老师。

"那我回去考试了。"

　　我也不可能一直停留在这地方。于是我在这不停歇的雨势当中，再次离开海边。

　　这样 D 班就会因为堀北的弃权扣除三十点，并因为我缺席点名而再扣五点。

开幕

八月七日。说起来漫长却也很短暂的无人岛生活，终于迎来结束的时刻。

最起码的安慰，便是幸好这并非严酷的野外求生，我们可以恰如其分地一面享受过程，一面度过考试。

即使已经到了考试结束时间的正午，周围也还没出现真岛老师他们的身影。

"现在正在统计考试结果，请各位同学稍作稍候。由于考试已经结束，假如有需要喝饮料或者使用洗手间的学生，请各自前往休息处利用。"

附近播着这样的广播。学生们随即一同集合至休息处。临时帐篷下也准备了其他像是桌子和椅子之类的东西，可以得到充分的休息。

高圆寺和堀北等弃权的学生好像正在游轮上待命，没有要下船的样子。

总是和池他们一起行动的须藤一动也不动地仰望着游轮。

"绫小路，你经常和堀北一起行动对吧……你们到底是什么关系啊？"

与其说须藤是在生气或慌张，不如说他是真的想要知道真相。

"我们之间什么也没有。只是单纯的朋友，除此之外没别的了。"

"这也很令人羡慕呢。因为她都没有把我当作朋友。"

须藤对于无法让堀北理睬自己一事而感到焦躁，看起来有点懊悔。

"在这次的考试中，堀北应该也稍微认同你一些了吧？"

他没引起麻烦，反倒还打算帮助堀北，而且率先去钓了鱼，为了班级着想如此采取行动，是个很大的进步。

"要是这样就好了。到头来我还是没能用名字来称呼她。"

"两位都辛苦了。谢谢你们这一周的各种帮助，真的帮了我大忙。"

平田在出现的同时说出这番慰劳发言，然后将手上两个纸杯中的一个递给我。我用手接过来，冰凉触感刺激着我的手掌。另一个纸杯递给了须藤。

"要道谢的是我。是你帮助迟迟无法融入班级的我，而且堀北弃权的事，还有我点名迟到时，你都坦护了我们，对吧？"

"听完理由我也无法责怪你。再说，因为堀北同学也给了我很重要的答案。"

"你相信那家伙所说的话吗？"

"她不是会乱说话的人。所以你也才会跟她关系这么好对吧？"

该说这男人始终都很单纯吗？他是个会去保护伙伴的家伙。

"说没有风险是骗人的，可是为了堀北同学，我也必须采取行动。"

"这就是所谓的朋友哟。"平田小声答道。我昨天看见的那张侧脸，仿佛就像是幻影。

须藤无法理解我们的对话，而歪了歪头。

"什么呀？答案？你们在说什么？"

"我想你很快就会知道。话说回来C班还真是不寻常……简直和我们天差地远。"

C班学生在第二天就几乎全班弃权，因此没出现在这个地方。好像就连伊吹都弃权了，沙滩任何一处都找不到她。因此，这里便呈现出C班学生只有龙园在场的异样光景。

"为什么他……为什么只有龙园同学没有弃权呢？"

我和平田远远地窥视着龙园的模样。他好像察觉了我们的视线，回过头来。

然后像是想起什么似的，慢慢与我们缩短距离。气氛瞬间变得有些紧张。

"喂，跟屁虫。铃音怎么了？"

龙园看也不看平田一眼，单手拿着纸杯靠过来说道。

他一说出"铃音"这个字眼，我就看见须藤脸冒青筋地瞪着他。

"你就算问我，我也很伤脑筋。"

"我可是知道你会四处追赶在铃音屁股后头呢。而且你们上次也待在一块，对吧？"

龙园喝光纸杯里的饮料，便轻轻把纸杯捏扁，扔到我们脚边。

"帮我丢掉。"

须藤把半埋在沙子里的纸杯狠狠踩扁，然后踢了回去。

"你开什么玩笑啊？啊？你的垃圾你自己去捡。"

"瑕疵品很适合捡垃圾吧？"

面对表露出压迫感的须藤，龙园丝毫没放在心上。

"冷静点，须藤同学。我来处理垃圾。"

平田急忙捡起纸杯后，须藤便咂了咂嘴，踢了沙子一脚。

龙园觉得无趣似的移开了目光。他的上半身没有一处干净的地方，就连运动裤上也沾满了许多泥土。他这种状态，还真让人难以想象他曾说过自己最讨厌努力。

"你没有弃权呢，龙园同学。"

"你谁啊？比起这个，铃音人在哪里？"

由于龙园第二次使用"铃音"这个字眼，须藤用力地踩踏沙滩靠近龙园，揪起他的衣襟。

"你这手是什么意思？"

龙园看起来毫不动摇，正面接受须藤强烈的视线。

"你下次要是再开这种玩笑，我就杀了你！"

"啊？这家伙是怎么回事，自己一个人在激动些什么啊？"

面对这眼看就要开始互殴的状况，平田也迅速介入其中，用力把须藤从龙园身上拉开。

"堀北同学昨天退出考试了，所以她不在这里。"

"退出？铃音？她应该不是那种会弃权的女人吧。"

"这……"

随着扩音器按钮打开的声响传来沙滩，真岛老师现出身影。

一年级学生急忙打算整队，但真岛老师用手制止了我们。

"你们就这样放轻松没关系。考试已经结束，现在已经算是暑假的一部分。虽然时间短暂，不过你们随意一些也无妨。"

即使老师这么说了，学生们之间的气氛还是很紧张，闲聊声瞬间消失。

"这一个星期，我们教职员确实见识到了你们对于特别考试的用心。有人从正面挑战考试，也有在其他地方下了功夫挑战考试的人。虽然形式多样，但总体来说，我认为考试结果非常出色。你们辛苦了。"

受到真岛老师毫不吝惜的夸赞，学生们流露出安心之色。

一个星期的考试终于结束了——大家现在立该都有这种实感了吧。

"那么接下来，我想直接宣布特别考试的结果。"

包括班主任在内，恐怕没有一个人看穿这场特别考试的结果吧。

"再者，我们不受理任何关于结果的疑问。我希望你们自己接受结果并进行分析，将此运用于下次的考试。"

"老师都这么说欸。你们可别尿裤子了。要好好接受现实哦！"

"你们C班才是吧。你们所有点数都用光了对吧？别笑死人。"

须藤瞧不起C班这众所皆知的缺乏智谋的行为。

"包含额外追加的点数，我们剩下一百二十五点。我认为这样很了不起。"

平田对于龙园这不讲理的挑衅也有点焦躁，他自豪地答道。对于平田这幼稚的发言，龙园作出像在呕吐般的动作。

"这种程度的点数你们居然就能满足，我还真是羡慕小喽啰的神经呢。"

"你要说什么我都不介意，不过C班零点的事实是不会变的。"

"呵呵，别擅自断言啊。我确实三百点全花光了。不过啊，你们应该不会忘记这场考试的追加规则吧？"

"你是说猜测班级领导者的事情对吧。"

"对。我可是写在纸上了哦！写了你们D班领导者的名字。"

我和平田都努力不露声色，不过须藤却表现出被猜中而受到打击的样子。

"A班那伙人也同样写了名字。你们明白这是什么意思吗？"

"等一下，这是怎么回事啊？这……这如果是真的话……"

那么D班就将因被猜中领导者而失去一百点。

真岛老师的声音从扩音器中传来。

"那么接下来我要宣布特别考试的名次。最后一名是C班，零点。"

"噗哈哈哈哈！喂，看吧！你们果然是零点！别笑死人啦！"

须藤得知结果后发自内心地瞧不起龙园似的捧腹大笑。

"居然是零点？"

与其说龙园大受打击，不如说他好像没有理解情况。

真岛老师冷淡地继续进行宣布：

"接着第三名是 A 班一百二十点。第二名是 B 班一百四十点。"

学生们吵嚷起来。这是谁也没想象到的名次以及分数。

大家面对自己计算出的数值与结果之间的误差，都无法隐藏心中困惑。

"然后 D 班则是……"

真岛老师刹那间僵住动作，但又立刻再次发言。

"两百二十五点，第一名。结果发表到此结束。"

除了平田，对这情势比谁都还混乱的就是 D 班学生了吧。就连唯一知道内情的平田也只能用几乎无法置信的表情露出有点兴奋的笑容。

"这是怎么回事啊！葛城！"

对面的休息处传来这样的声音。A 班学生围绕着葛城。

"好像有什么地方不对劲……这是怎么回事……"

"太棒啦！你们活该啦！"

D 班学生随着须藤的喊叫声开始集合起来。

"欸欸欸，这是怎么回事啊！说呀！喂！"

兴奋且混乱不已的池向平田寻求说明。

"我们去那里说明吧。龙园同学，我就先在此告辞了。"

　　平田留下耐人寻味的话语，就带着池和须藤朝着船只方向迈出步伐。须藤一面吐着舌头，一面竖起中指。龙园也只能默默地目送他这副模样。

　　结束考试的一年级学生们随即解散。船只会在两小时后出发。无论在海里玩还是上船慢慢休息都可以。我为了搭船而迈出脚步。

　　"哦，各位。一周的无人岛生活过得如何？"

　　高圆寺在船只甲板上单手拿着饮料，迎接D班。

　　"高圆寺你这家伙！因为你，害我们班失去了三十点！你明白吗？"

　　"冷静点，池Boy。我身体状况不适一直卧床不起呢。这是没办法的吧？"

　　他的肌肤充满滑润的光泽。明显能看出他一周都在船上晒太阳。处于健康状态之下，对我们说的这番话一点说服力都没有。

　　高圆寺被男生一起责难。过了一会儿，堀北的身影也出现了。她的身体状况还没完全恢复，脸色苍白。同学们察觉堀北的存在，自然而然集中了目光。

　　"铃……铃音，你的身体已经没事了吗？"

　　虽然有点支支吾吾，但是须藤就如练习时的那样，以名字来称呼堀北，同时靠近了她。

　　"还可以，不能说是完全恢复。比起这件事，最糟糕的是我退出考试的这个失误。"

"这种事你就别在意了。"

堀北很自然地接受须藤用名字来称呼她。真意外。

"还有，须藤同学。请你不要擅自以铃音来称呼我。"

"唔……我……我知道了。"

看来她并没有接受。须藤也无法违抗堀北意思，只能点头答应。

"这是怎么回事？为什么D班会变成第一名……"

堀北暴露了领导者的身份，而且还经由我的手退出了考试。按照她的计算，D班最后的成绩应该会趋近于零点吧。

"对……对啊。这是怎么回事啊，平田！我真是一头雾水！"

须藤向平田寻求回答，但在这之前平田有必须先处理的事情。

"这个嘛……轻井泽同学。首先，你应该有话必须对堀北同学说吧？"

平田这么说完，接着就呼唤在筱原她们身后低着头的轻井泽。

被叫到的轻井泽靠近了堀北。

"堀北同学，能耽误你一下吗？"

"嗯，你有话必须对我说，是吗？"

堀北看见轻井泽轻轻点头，接着就闭上双眼。责难轻井泽擅自使用点数，自己却暴露了领导者的身份，还退出了考试。

换句话说，她摆出了就算被骂也全盘接受的表情。

"对不起。"

虽然语气有些生硬，但轻井泽道了歉。

"偷走内裤的人是伊吹同学对吧。我全都从绫小路同学那里听说了。"

"咦?"

做好挨骂准备的堀北，对轻井泽的赔罪感到很困惑。

"堀北同学你察觉到伊吹同学就是犯人，而在她打算逃走的时候逼问了她，对吧? 因此才会搞坏身体……"

堀北对于轻井泽这番完全让她料想不到的话语感到吃惊，并望向我这边。

我有些尴尬地移开视线。

"而且，我刚才从平田同学那里听说了呢。因为堀北同学你看穿了 A 班和 C 班领导者，所以这次点数才会这么高吧。所以……真的……很抱歉。"

轻井泽这么说完，就马上回到了女生们的身边。

"等一下。你说……我看穿领导者，但我可是弃权……"

"你不必谦虚哟，堀北同学。因为这个结果无疑是你猜对答案的关系。"

堀北的脑中应该又萌生出了新的疑问。在这场尽是谜团的考试当中，除了她之外，全班应该都是如此认为的吧。

"欸，绫小路同学，你做了什么……"

堀北在众多学生沉浸在混乱与喜悦时向我搭话。

然而，身为这场考试重要角色的堀北，一下子被许多同学包围住了。

"堀北同学，你真厉害！真是天才！"

"听见你退出考试的消息时，我还在想会不会有什么不好的影响，但这根本就完全没问题呢！"

"等……等等！"

同学不分男女皆对堀北展开问题攻势。我合起双手，祈求她平安无事，一面撤退离开。

哎呀，太好了太好了。班上获得第一名，堀北也成了红人。

如果是那家伙的话，应该可以好好地逃脱出来吧。

我为了避免卷入这场闹剧，准备回房休息。

然而再次撞见死神。

"能借一步说话吗？"

"这还真像是不良分子的邀约用语呢，茶柱老师。请问我能拒绝吗？"

"你要是不愿意的话，我就要在这里说了。引人注目也没关系吗？"

"天气很热，请您长话短说。"

　　我跟着茶柱老师往船只的另一侧走去。在完全没有人迹且安静之处我们开始说话。

　　“总之，这样子您应该满意了吧？”

　　“是啊，我不得不承认你干得很漂亮，我真心感到佩服。”

　　“那么请您现在立刻告诉我‘那个男人’要求我退学的事情，是真的吗？”

　　茶柱老师把背靠在栅栏上，然后抬起脸，凝视着天空。

　　“您有证据能够断言这件事情是真的吗？”

　　“我很清楚你的事情。你不认为这就是最好的证据吗？其他教职员都不知道你真正的实力，甚至没有怀疑。”

　　这确实让人很疑惑。我在入学考试上引人注目虽然是事实，不过光凭这一件事，所有教职员应该也不会都知道有关于我的内情。

　　不过这么一来，奇怪的就是顺序。茶柱老师说最近那个男人联系了她。这个人果然还隐瞒着些什么。

　　“你应该也听过伊卡洛斯之翼这个有名的神话吧。”

　　“请问这怎么了吗？”

　　“伊卡洛斯为了获得自由，而飞离幽禁他的那座塔。然而这并非凭他的一己之力，而是身为父亲的代达罗斯指示他制作翅膀，让他飞行。他不是凭着自己的意志来飞行的。你不认为这正好与你一模一样吗?"

"我无法理解呢。"

"那名男人……不,你的父亲是这么说的——清隆迟早会自己选择退学这条路。也就是说,你会迎接如伊卡洛斯那般翅膀被太阳烧毁并且坠海而死的结局。"

所以她才会提起伊卡洛斯之翼吗?

"你接下来打算怎么做?"

"老师您也知道吧。伊卡洛斯是不会遵从代达罗斯的劝告与建议的。"

即使翅膀被烧毁,伊卡洛斯仍尽力飞翔——为了追求自由。

1

我回到船内就马上回到了自己的房间。累瘫了的平田在房间里睡觉,我为了不吵醒他静静地更衣,接着走到走廊。我开启手机电源后,就不断响起铃声,屏幕全是来电记录,并且全都来自堀北。真可怕。

我就先用邮件回复,然后在休息室里边休息边等她吧。

我迟早都必须跟她解释,否则她是不会接受的吧。

接着过了几分钟,满腔怒火的堀北沉默地释出压迫感,一面与我会合。

"这考试结果是怎么回事?究竟发生了什么事情?"

"你一脸摸不着头脑的样子呢。"

"嗯，这不可能呀。这一切都不可能。我不得不问的事情多得就像山一样。"

堀北在我眼前坐下，并向店员点了饮料。她不等我做出回应就说起话来：

"你要对我说明一切。这就是要我不干涉这次事情的最低条件。这点我不会让步。"

在堀北没有自己主动弃权的时候，我就已经预料到事情会变成这样。

这也不是能彻底隐瞒的事情。话虽如此，但我也必须将消息止在堀北这里。

"你想从哪里开始问起?"

"你在这场考试里做了什么?"

这是比我想象中还要更好的问题，是个能够问出一切事情的一句话。

"在校方宣布这场特别考试时，我除了追加规则以外其他都不在乎。要如何安排三百点，这种事大致上每个班都大同小异，而且这也不是个人就能操控的事情呢。"

"可是追加规则的内容非常困难。即使用正常方式应考也无法查清楚领导者身份，对吧?"

"嗯。所以我才会先举手参加了决定营地的搜寻。我打算通过自由行动，抢在别人前面抵达某个据点。"

"你说得简单，但据点位置应该不会有任何人知道吧。"

"没这回事。你身体不舒服待在船里所以应该不清楚，但校方在船上就已经给了我们有关据点的提示。"

葛城也发现了这件事。我说出船只不自然地高速绕行岛屿一事，堀北便陷入了沉默。它的速度比一般观光船还快将近三倍。何况，假如目的只是观光，不会在广播里说出"请观赏富有意义的景色"之类的奇怪话语。

虽然不知道高圆寺是在哪里看到的，不过他也察觉了这个提示。

哎，关于高圆寺的事情，光是思考就是在浪费时间，所以目前就不提他的事了。

"接着，我抵达了洞窟。因为我认为那里就是最重要的据点。"

"洞窟是最重要的据点？河流或水井也让人觉得很方便呢？"

"重要的不是据点本身，而是据点位于何处。"

河边和水井的周边都不存在任何其他据点。然而反过来，洞窟附近却备有小屋以及塔这两处据点。换句话说，这是个很适合管理的地方。堀北仿佛为我的说明也表示出了理解。

"可你没有钥匙卡片，抢先抵达洞窟的好处是什么？"

"我只是打算进行调查，但结果却知道了其他班领导者的真面目。"

"所以是葛城同学大意而让你发现了他是领导者？"

"不是这样。"我如此否定。

"有个叫作弥彦的男生对吧？那个到处跟着葛城的男生。那家伙就是领导者。我目击到葛城和弥彦占领洞窟。虽然这么说，但我并不是直接看见那个瞬间，而是在他们两人离开洞窟后进行了确认。"

我重新说明当时情况。包括目击瞬间、葛城站在入口拿着卡片，以及弥彦从里面出来跟他会合然后离去的事情。

"看见这种情况的话，不是会误以为葛城同学就是领导者吗？"

"真的是这样吗？领导者会做出在别人面前拿出卡片的行为吗？"

正因为堀北担任领导者，所以她应该明白这是多么愚蠢的事情吧。

"可是为什么……他为什么要特地把卡片拿在手上？"

"因为他不得不这么做。据我的调查，葛城的性格相当冷静沉着且极为谨慎。这种人不可能不懂发现据点便立刻占领的风险。换句话说，他们会占领据点是因为有人被眼前的欲望所诱惑。"

"这就代表着另一人的存在呢。"

　　对。葛城发现洞窟时，当然不打算占领。尽管如此却占领下来，想必原因就是弥彦粗心大意地占领了。虽然认为没被其他人看到，但还是采取了保险手段。他觉得自己拿着卡片在周围现身，就算有目击者，也能让其他人认错领导者。

　　"A班除了洞窟的据点之外还占领了其他两处据点，不过我并没确认他们最后占领了多少地点。因为只要猜中领导者，就能让那些点数全数无效。"

　　也就是说，在我将范围缩小至弥彦的时候，花力气在A班身上便是浪费时间。

　　"我有点无法接受。既然他在最早阶段就有头绪，那只要许多人一起行动的话，不就不会出这种麻烦了？即使光派个人看守洞窟，照理就能够成为占有的表示。为什么他们要占有呢……"

　　"这应该就是A班的缺点吧。"

　　他们的综合分数很高，也没像D班这样在课堂态度上被扣分。

　　然而，那些家伙的班级内部却是对立的。换句话说，他们有无法多数人移动的理由。

　　"也就是说，这乍看之下很完美的班级，也有很大的漏洞。"

　　正因如此，这次我才会轻而易举地打败A班。

　　也只是单纯幸运。这点数是我抓住他们的失误才获得的。

A班对于此无计可施。

"所以我在这个阶段就排除了A班，转而警戒C班。因为葛城的性格很容易了解，但龙园则完全是未知数。实际上，那家伙比我搜集了更多的情报，他看穿了所有班级的领导者。"

"等等，你说他看穿了所有班级……不仅是D班，他也知道B班和A班的领导者吗？可是，若是如此就很奇怪了。我们别说是受到惩处，还以很大的优势取得第一名。你打算如何解释这点？"

"这件事有点难说明，但这就是我让你弃权的答案。"

"答案就是弃权？你究竟做了什么？"

"啊，话说回来，我好像还没还给学校。"

我从口袋取出一张卡片，将它递给堀北。

"这是钥匙卡呢。为什么你会……"

堀北看见这张卡片上刻有的文字之后相当吃惊。

"为什么会……"

卡片上刻着的文字是"Ayanokouji Kiyotaka（绫小路清隆）"。

"考试必须是公平的。因此，规则基本上为了公平而去制定。"

这是极为理所当然的事情。所以只要好好确认追加规则就能看出来。

领导者只能选择一人。这无法改变。也就是说只有这名领导者拥有占领权利。

"你认为领导者因为身体不适等原因弃权，状况会变得如何？"

"这……领导者会缺席，所以占领权也会消失……"

"不对。指南手册上写的是'无正当理由无法更换领导者'。你不认为弃权符合正当理由吗？"

追加规则不可能会因为领导者身体不适或受伤而缺考的情况下失效的。我预料到我们可以立出新的领导者。

这点也可以用来看其他规则。例如，规定一旦决定营地之后，无正当理由便无法进行变更，而这也确实有理由。比如，占领河边的我们大意让其他班级夺走的话，就会符合那个"正当理由"了吧。因为无法在其他班级占领的据点逗留，要是规则规定不能让我们寻找新营地的话，那考试就会无法进行下去。

"所以你才会……"

名为堀北铃音的领导者弃权，然后由我来代为担任。当然，考试结束时 D 班的领导者就变成了我。因为领导者只能有一个人。

"这就是即使被 C 班得知，也能免除损失的理由。"

"可是，等等。这是因为我被伊吹同学偷走卡片才会变成这样。要是我保护好卡片的话……"

堀北回想起事件当天发生时的事情。

"当时你是故意落下卡片的对吧？难不成山内同学的行动，以及准备机会让伊吹同学偷走卡片，都是你的计划……"

我让堀北满身是泥，设计了她不得不把钥匙卡离手的情况。

"你要是不知道伊吹同学最开始的目的，是没办法办到这件事情的……"

对。叫作伊吹的少女是不是偶然被 D 班捡到，首先我有必要知道这点。然而我在听见 B 班帮助那名叫作金田的男生时，就确信了。这就是龙园送来的间谍。两个人偶然被不同的班级所救，我还没有天真到去相信这种事情。

"再说，伊吹撒谎时习惯看着对方眼睛说话。"

也可以说是只要谎言越大，这个习惯就越明显。

"撒谎时看对方的眼睛？一般不是相反吗？"

"一般情况下，我们内疚的时候不会跟人对上眼，不过那家伙相反。她想让人深信谎言就是真话，因此才会看着对方眼睛说话。她本人大概没注意到吧。"

发生内裤贼事件的时候，那家伙也直视我的双眼说了话。

"她很可能是以寻找钥匙卡为目的在物色包吧，也有想顺便捣乱 D 班的这个企图呢。"

我们或许应该将受害者是轻井泽，以及放入的是池的包这件事看成是单纯的偶然吧。

"可是，为什么伊吹同学要特地偷走钥匙卡呢？明明只要确认我的名字，说不定我们什么也不会知道。"

"伊吹应该一开始也是这么打算的吧。不过却有了预料不到的麻烦。"

而那便成为了我查明 C 班领导者的契机。

"伊吹在背包里准备了数码相机。那恐怕是为了要拍钥匙卡吧。"

"拍到……数码相机里？为什么要这么麻烦？"

"有照片的话，领导者的存在就非常明确了吧？也就是说，他们要得到确切把握，才能够获得利益。"

"我不太明白……这代表龙园同学不信任伊吹同学吗？"

"不是这样。假如这件事情只在 C 班内部，那她就没有用数码相机拍摄及偷窃卡片的必要。"

换句话说，有个人不信任伊吹，想要确凿的证据。

"接下来的话，我并没有任何证据。你就把这些当成是我从考试结果推导出的来听听吧。这场考试结束时 A 班持有两百七十点。"

这也就是说，他们在考试里没有花费一点。

"A 班和 C 班背地里勾结，C 班牺牲自己的点数，买齐必需品给 A 班。C 班甚至出让所有使用过的道具，于是 A 班便得以不使用点数来度过一个星期。应该就是这样了吧。"

除此以外，伊吹得到了 D 班领导者的证据，并向 A 班的某人泄漏消息。

"附带一提，我之所以能够猜对 C 班领导者，是因为大部分学生都弃权了。而留在岛上的某个学生就必然会是领导者。对吧？"

"就算这样，但早上我们应该不知道是谁留下来。"

"不，龙园百分之百留在岛上。"

我发现伊吹埋藏在地底的无线电对讲机时，就理解了这是龙园为了与伊吹取得联系而准备的东西。弃权的人不可能使用无线电对讲机。换句话说，这便证明为了互相取得联系，他一定还待在岛上。实际上，那家伙在享受假期的时候，就将无线电对讲机随意地放在桌上。他没有让其他人拿着，而是由自己来。这是不信任任何人的男人所犯下的失误。

"真是的……真是没话说。"

堀北面对这些事实，如此答道。若以我自己的看法来为这场考试做总结的话，A 班因为最初的失误而影响到了最后结果，再加上内部分裂的影响，无法彻底发挥实力。B 班则彻底采取无益且无害、重视防守的应考方式。这是正确的。然而唯一的失误就是他们班上有太多滥好人，因此允许金田这个间谍留在班级内部，还有彻底相信他的这件事。虽然我不知道具体情况，不过金田得到证据，并告诉龙园了吧。从 A 班没获得点数这点来看，是因为金田没获得实物证据。

接着是 C 班。虽然班上最后因为我成为领导者而顺利回避了损害，但是他们成功地将间谍送入其他班级并猜中所有领导者的奇招，再加上他们应该和 A 班进行了某种交涉而获取着利益。最需要戒备的人物说不定就是龙园。

"真是让人不高兴呢。你把我当作棋子来狠狠利用了对吧？"

"嗯，这我无法否定。即使你要我别再接近你，我也不会惊讶。"

我还是有自知之明的。

"那就这样，我要回房间了。我实在是累了。"

"等等，事情还没说完呢。"

"什么事啊。可以的话，我想在房间里慢慢休息呢。"

"这要等你对我全部都解释完，我不是还没问完吗？"

"那你有什么问题吗？"

"就是你挑战这场特别考试的理由。独自奋战的事情，或者利用我的事情，这时候都无所谓了。我想知道身为避事主义者的你积极参加考试的理由。"

"原来是这样。"

刚才为止的说明，说不定对堀北而言并没有那么重要。

"在这次事情里，我已经毋庸置疑地理解到你很厉害。你要是愿意助我一臂之力，升上 A 班，就将成为一件触手可及的事情。不过，你的行动理念是什么？你为什么要做这种事情？"

再怎么说，我都不太想把我的个人隐私告诉堀北。

这次我只是为了从茶柱老师身上套出话才做的事情。

"因为我被在身体不适的情况下却打算独自奋战的你给打动了呢。"

"这种浅显易懂的谎言，你觉得我会相信吗？"

"换句话说就是我不打算告诉你。"

我拉开椅子站起，向她伸出了手。

"要我帮忙你晋升 A 班也无妨。不过，我要附上一个条件。那就是不要去调查我的事情。你要是答应我今后绝不调查我的隐私，那我就帮你吧。"

"你要怎么做？"我等着她的回答。她毫不犹豫地握住我的手。

"假如你不想说那也没办法。既然你说不调查你就愿意帮助我，我也没有理由拒绝呢。我对于避事主义者的过去并没有兴趣。"

堀北牢牢地回握住我的那只手。

我为了我自己，你则为了你自己。

这场为了让这处于谷底的班级往上升的战斗才正要开始。

后记

各位好，我是开始注重养生的衣笠彰梧。

最近正在流行饮醋的风潮。我每天都会饮用一杯，注意着身体健康。

那么，第三本是个以特别考试为中心，并且能够了解到各班目的及方针的故事。

我们可以从故事内容一点一点地看出主角与同学的想法，等等。虽然因为男女价值观的不同而发生了纠纷，但实际上即使进入了社会，这类问题也很多呢。只要人类持续繁荣，我想就不会有完美的解决办法。因为两者的性别就是不一样嘛。

那么各位，请问你们还记得吗？我上次在第二本里立下要让知世俊作氏请我吃生鱼片的目标。当然，这件事我记得。

鲔鱼！非常美味！感谢您！今后也要请您一直当我的好搭档。下次呢，我想想……我们就去吃海参吧。

注意！我要向各位报告！

是的，《欢迎来到实力至上主义的教室》决定要漫画化了！

从出版社接到通知时，因为太高兴而尿了裤子——这件事可是秘密。

　　替我描绘漫画的一乃悠由老师，还请您多多指教。

　　我会试着努力活得久一点。我打从心底期待着一月开始的连载！

那么这次的后记就这样了吧。

不，我还有一件事必须报告。

其实在上次的后记里，除生鱼片之外我还写了一件事。虽然我想大家一点也不在乎，但对我而言，这是件每次回想起都会使我垂头丧气的事情。

我就鼓起勇气对过去的自己说出来吧！

"我可是在很早的阶段就写完原稿了嗳！"你是真心打算这么说的吗？

笨蛋！呆瓜！蠢蛋！把你之前说出的这种话给我撤回！是的！这次我也完全办不到！我根本已经像是出局了呢！对，我这次也给编辑大人添了非常多的麻烦。就连写着后记的现在，我也能看见编辑大人拼命工作的灰暗背影。我真是泪流不止。衣笠，你真的是个笨蛋！给我反省！

这么一来，那个不乖的衣笠于是就反省了自己并且消失不见。请大家放心吧。

因此，反省过后的衣笠也要鼓起勇气说出："下次我一定会早点交稿！"

　　然后我也要先写下这段话：要是我又迟交，那就抱歉了！

　　那么各位，下一本我会再次报告结果的——将会以好消息的形式！